너의 검정

너의 검정

박제이 문장집

harmonybook

000.

안녕. 너의 검정.

001.

사랑

사랑

사랑

혀 천장을 톡톡 가볍게 두드리는 혀 때문에 발음을 하다가
간지러워 웃었다.

어쩜 단어도 이렇게 간지러울까.

간사하게 달달한 이 감정조차 간지러운데, 어쩜 이 단어는
이렇게.

002.

너와 만난 것을 가끔 후회했다.

그래도 너와 만난 시간을 결코 후회하진 않는다.

003.

우리 집에 놀러 올래?

선물은 필요 없어. 따로 네가 사 올 것도 없어.

내가 다 준비할게.

미안해할 필요 없어. 몇 시까지 온다고?

응 좋아. 그때 시간 돼.

어서 와.

보고 싶다.라는 말은 네가 부담스러울까 봐 숨과 함께 삼
켰다.

004.

동백꽃은 떨어질 때 꽃이 아주 뚝. 하고 꺾이듯 떨어진다.
잎이 하나하나 떨어져 내리는 그런 꽃들과 다르게 붉디붉은
그 대가리를 뚝하고 떨구는데.
그거 아니, 나는 동백꽃이 너무 부러워. 당신 생각을 할 수
없게 나는 동백처럼 목이 뚝 떨어져 버리면 좋겠다.
하루에도 그 생각을 이 세상의 꽃의 수만큼 하고 있어. 그
럼, 네가 더 이상 날 복잡하게 만들 수도, 괴롭게 만들 수도,
꿈에 나올 수도 없을 텐데.

사실 알고 있어.
대가리만 떨어져서는 그렇게 하지 못하지.
나는 심장정도는 파내야 너를 생각하지 못할 거야.

005.

병이다.

어떻게 고쳐야 하는지 모르겠다.

내가 노력을 한다고 마음대로 되는 일이 아니라는 것도 알고 있다.

가만히 있다가도 네가 보일 때마다 욱하고, 너에게 다가가야 할 때면 온몸이 달아올랐다.

네 이름 두 글자가 얼핏 들리면 그쪽으로 신경이 쏠리고, 가끔은 머리가 아파오기도 했다.

그래, 너무 쉬운 일이잖아.

생각해 보니, 너를 보지 않으면 되는 일이잖아.

내가 그냥 저 멀리 도망을 가면 되는 거였잖아.

그런데 이 병의 이름이라도 알고 싶어서 나는 계속 네 근처
를 맴돌며 고통받는다.

006.

이건 반칙이죠.

나도 원해서 이 세상에 존재하는 게 아닌데, 당신마저 저를
밀어내면 나는 이제 세상의 끝에 서야 합니다. 한 발짝만 뒤
로 가도 절벽인 곳까지 밀어 넣고 당신의 어려움만 나에게
토로하면. 나는 절벽 아래로 뛰어내릴 수밖에 없어요. 당신
도 참 잔인합니다. 그렇게 이야기하고 나에게 결국은 사랑
한다니요.

그 말은 반칙입니다.

우리 서로에게 그 말만은 하지 않기로 해요.
당신은 정말 나를 사랑한 것인지. 아니면, 이 세상에 기댈 존

재가 나뿐이었는지. 저는 이제 당신이 조금만 밀어내도 떨어지는 절벽 끝에 서 있어요. 더 이상 기대지 말아 주세요. 당신 생각만 하면 속이 울렁거립니다. 이게 사랑인지, 무엇인지 모르겠지만 더 이상 내 앞에 나타나지 말아 주세요.

사실 거짓말이에요.
결국 나는 당신이 없어도 언젠가 절벽으로 떨어질 것을 알고 있습니다.
그때까지 내가 당신에게 필요하다면 마음껏 활용하세요.
대신 나를 계속 사랑한다고 말해줘요.

007.

혼자 바다에 왔다. 아침에도 잘 못 일어나던 내가 새벽의 작은 햇살 줄기에 눈이 떠졌다. 그리고 밖을 바라보자마자 잠옷도 갈아입지 않고 핸드폰 하나 주워서 운동화를 신고 마냥 뛰었다.

바다의 차고 짠 공기가 얼굴을 때리고, 양말을 신지 않은 발등이 까지는 것을 알면서도.

잠옷 하나 꽁꽁 여미고 그렇게 바다를 향해 마냥 뛰었다.

백사장을 급하게 들어가자 까슬한 모래들이 운동화로 떠 담듯 밀려 들어왔다.

물에 젖어 축축하고 차가운 그 모래 위에 서서, 그냥 카메라를 켰다.

너는 바다를 좋아하니까. 아마 이 풍경도 사랑할 테니까.

008.

이 세상에 빛이 없다면.
우주의 별빛을 조명 삼아 그 밑에서 춤을 추자.
영원히 끝나지 않을 것처럼 춤을 추자.
그 무엇보다 빛날 수 있게 우리 단둘이서.

그러다 우주가 그렇게 영원히 멸망하고, 별조차 없다면.
우리의 춤은 그때 끝이 나겠지.

009.

"그녀를 좋아했어요."

그가 말했다. 그녀는 정리된 듯 안 된 듯 부스스한 머리에 늘 누구보다 먼저 강의실에 와 있어요. 와서 아마 가장 먼저 에 어컨이나 온풍기를 켜 놓은 듯해요, 그녀가 홀로 있는 강의 실을 때로는 시원하고 때로는 따뜻했거든요. 그 누가 와도 반응하지 않다가 안녕, 인사를 하면 그제야 고개를 들어 보 는 사람이었어요. 한번 웃으며 다시 안녕, 느릿하게 돌아오 는 그 목소리가 들려요. 인사가 끝나면 다시 그녀는 고개를 돌려요. 보던 전공책을 다시 한 장 한 장 넘겨요, 빠른 속도 로 넘기는 것을 보면 훑어보는 것 인지, 속독을 하는 것인지, 어쩌면 책을 보면서 다른 생각을 하는 걸지도 몰라요.

속눈썹이 그리 긴 것도, 그렇다고 쌍꺼풀이 예쁘게 진 눈도
아니었어요. 그래서인지 안경으로 늘 눈을 가리고 있는 편이
었어요. 코는 오뚝하지 않고 둥근 편이었고, 화장을 한 얼굴
을 본 적이 없는 것 같아요. 화장을 하지 않으니, 코 끝을 따
갑게 하는 화장품의 향기도 나지 않았어요.

단정하지만 지루할 정도로 같은 옷을 많이 입고 와요. 가방
은 늘 평범한 검은색 백팩을 메거나 카키색 백팩을 메고 와
요. 검은색 백팩은 헤어진 부분이 많아서 보풀이 일어나 있
고 카키색은 언제 산 건지 유치한 그림이 그려져 있어요.

자리는 늘 복도 쪽 첫 번째 구석에 앉아요, 교수님의 눈에 띄
는 듯 안 띄는 듯한 그 자리에 앉아요. 수업에 집중하는 듯하
지만 실상 발표를 시키면 엉뚱한 대답을 할 때가 종종 있어
요. 그녀는 수업이 끝나면 말없이 일어나서 혼자 움직여요.
내가 그녀를 본 기억은 거의 강의실에서뿐이랄 정도로 그녀
는 조용하고 말이 없었어요. 어느 날 친구가 물어보더군요,
좋아하는 사람 있어? 순간, 그녀가 생각나더군요. 하지만 없
다고 했어요. 생각나는 그 자체가 좋아한다는 뜻은 아니잖아
요? 그저 아마 호기심이라고 단순히 치부했나 봐요.

그리고 일 년 뒤 아마 여전히 싸늘한 삼월의 봄 즈음 그녀는

내 시야에서 사라졌어요. 몇몇 아이들의 말로는 그녀가 휴학을 했다고도, 혹은 자퇴를 했다고도 하더라고요. 당연히 예상했지만, 그녀는 친구가 얼마 없는 듯했어요. 그녀의 이야기는커녕 번호도 정확히 아는 사람이 없었으니까요. 하루, 이틀, 일주일, 한 달이 그녀 없이 지나갔습니다.

한 달이 지나는 무렵 나는 강의실에 그 누구보다 먼저 와서 전공책을 펴 놓았어요. 아직은 싸늘한 공기 때문에 의자가 차가웠어요. 온풍기를 켜 놓았어요. 따뜻한 바람이 금방 교실을 데웠습니다. 구석에 자리를 잡고 앉아 책을 꺼냈어요. 그녀를 따라 한 장 한 장 넘깁니다.

그제야 나는 그녀를 그리워하고 있다는 것을 알았지요. 매일매일 눈에 들어오던 것이 관심이라는 것을 그제야 알았어요. 그제야 나는 보고 싶다는 것을 알았어요. 그 뒤로도 그녀는 볼 수 없었습니다. 여전히 연락이 닿지 않고, 돌아오지 않고 있어요. 하지만 여전히 그녀에 대한 기억들이 하나하나 생생해요. 그녀 생각에 멍해지기도 하고, 무의식 중에 책을 넘기거나 수업을 흘려듣기도 합니다.

때로는 아주 아주 가아끔 그녀와 닮은 사람의 모습에 웃음이 나기도 해요. 지금에 와서 좋아할 수는 없지만 좋아했습니다. 너무나 평범해서, 평범하게 오래 기억이 나는지도 모르겠어요. 평범한 버릇처럼 관심으로 남아 좋아하는지도 모르겠네요.

010.

내가 당신을 좋아한다는 걸 눈치채도
답답해 말고 그냥 모르는 척해 주세요.

그냥 나 혼자
가끔 당신의 옷에 붙은 머리카락을 떼어주고
차가 오면 급한 척 당신 손목을 한 번 잡아끌고
웃으며 실없는 농담을 하며 그 안에 고백을 넣고

그게 나의 사랑의 방식입니다.

011.

당신은 어떤 '나'를 원한 건가요?

'나'를 원하긴 했나요?

그렇다면 그 기대에 부응하지 못해 미안합니다.

결국 저는 이 정도밖에 되지 않는 인간이라 당신이 원하는

만큼 더 힘을 낼 수 없네요.

이게 저의 최선입니다.

012.

너는 항상 나의 마음을 장난이라고 이야기했다. 제대로 똑똑히 '널 좋아해'라는 말을 들었음에도 그걸 나의 착각이라고 이야기했다. 나는 어리지 않다. 이제 제대로 생각할 수 있는 성인의 나이가 되었는데, 왜 나는 너에게 '자신의 기분도 제대로 표현 못 하는 어리숙한 사람'이 되어야 하는가.

"너는 나보다 어리잖아."

하지만, 내가 어리다고 이게 무슨 감정인지도 모르는 바보는 아니라는 것이다. 차라리 거절을 해. 내가 싫다고 말해. 네가 그렇게 단칼에 끊어내면 차라리 이 기분을 정리할 수 있을 것 같아. 너는 왜 내 이야기에 거절은 안 하고, 부정만

하니? 내 말을 못 믿는다고 이야기하면서 왜 내가 싫다고 말하지는 않아?

"너도 나 좋아하잖아."

너는 아무 말 도 하지 않았다. 그저 웃으며 '좋아는 하지.' 대답했을 뿐이다.
이기적인 것 같아.라는 말이 목구멍 끝까지 차올랐으나 나는 더 이상 아무 말도 하지 못했다. 대신 나온 이야기는 '이해가 안 돼'라는 말뿐이었다. 내가 좋아하는 것과 너의 좋아한다는 감정이 다르다고 이야기했지만, 그 감정이 무엇인지 잘 모르겠다면 네가 나이만 많지, 감정엔 더 서툰 것 아닐까?

"그럼 100일만 사귀어 보면 어떨까?"
"그럼 100일 뒤에는 헤어지는 거야?"
"네가 원한다면."

웃긴 제안을 한다. 내가 헤어지지 못할 것을 알면서. 내가 너를 더 좋아한다는 것을 알기 때문에 할 수 있는 이기적인 제안이었다. 100일 뒤에 먼저 헤어짐을 이야기하는 사람은 내가 아니라 네가 될 것이다.

"그때까지 계속 좋아하면 어떻게 할 거야?"

너는 역시나 아무 말 도 하지 못했다. 100일이 지나지 않았음에도 나는 100일이 흐른 것 같은 정적 속에서 너의 대답만 기다렸다. '음…' 너는 한참 생각을 하다 '그때쯤이면 너도 지금 감정이 순간의 것이라는 걸 알 거야.'라고 답변했다. 그런 애매함이 또 닻처럼 내 발목에 묶여서 물속으로 가라앉게 하는 것을 모르고.
물속에서 숨을 쉬고 있는 것 같은 답답함으로 대화는 마무리되었다.

013.

우리는 왜 이 커다랗고 광활하고 무서운 우주에서
서로를 발견해서.
하필 왜 우리가 만나서.

다른 사람을 만났다면 서로 더 행복했을까?
그래도 이거, 하나는 정확히 말할 수 있다.
너를 만났기에 이 우주가 더 이상 무섭지만은 않아.

014.

꽃을 선물하면 좋아한다고 했다.

그런데 너는 아닌가 보다.

꽃을 선물해도 나를 좋아한다고 말하지 않는 것 보니.

한 아름 품에 꽃을 안고 그저 예쁘다고 기쁘게 웃기만 하는

너를 보니 괜히 화도 났는데,

꽃을 선물하면 좋아하는 건

'네'가 '나'를 좋아하게 되는 게 아니라,

'내'가 '너'를 좋아하게 되는 것이었나 보다.

015.

사람은 모두 무언가 한 마디에 쉽게 감동받는다.

그것은 드라마틱한 대사나 책 속의 주인공이 읊을 만한 그런 대사가 아니다. 너무 일상적이면서도 너무나도 간단한 이야기들에, 그 한마디를 오래 기억한다. 나쁜 기억은 주된 내용이 무엇인지 보다 그 감정 하나만 오래 남게 된다. 하지만 좋았던 기억은 감정은 일 순간일지라도 어떤 내용인지 기억만 한다면 다시 그날의 감정을 되살릴 수 있다. 누군가는 그랬다. 첫 남자친구에게 고백받았던 그날이 그렇게 잊히지 않는다고 했다.

왜냐고 물으니, 그녀는 가만히 생각하다가 글쎄. 하고 나에게 되물었다. 그녀는 이야기했다. 이제 사람을 많이 사귀다 보니 다 잊게 되는데, 그 남자친구가 처음 했던 고백 그 한 마디가 잊히지 않아서 그 사람만 문득 떠오른다는 이야기였다. 꽤나 멋있었나 봐. 하는 나의 기대와 다르게 그녀의 입에서 나온 말은 의외로 평범했다.

"그냥 나랑 길에서 손잡고 걷고 싶다고 했어."
"허무하네."
"그렇지?"

하지만 그녀는 다시 첫사랑을 만난 마냥 수줍게 웃었다. 이렇게 이야기하니까 별것 아닌 것 같지만 나는 그 길 위에서 그 사람 손을 처음 잡았을 때 나는 그렇게 떨릴 수가 없더라. 그 뒤로는 죄다 좋아해. 나랑 사귀자 같은 유치한 대사뿐이었다는 말에 나도 어느 정도 수긍했다.
의외로 여자들은 단순하다. 너는 그 말에 동의하지 못했다. 나는 이야기했다. 남자들이 더 어려운 것 같아. 너는 그 말에도 동의하지 못했다. 나는 너에게 내 생각을 강요하고 싶은 마음이 없었기에 그렇구나. 하고 그냥 넘어가고 말았다. 하지만 정말 여자는 단순하다. 너는 나와 만나기로 약속을 잡는다. 책을 읽으며 바닥에서 뒹굴다가 내가 조금 늦을 것 같다고 이야기하자 너는 알겠다고 대답한다. 그러고는 이야기한다. '내가 네 쪽으로 조금 더 갈게'. 나는 그 이야기에 무언가 안심이 된다.

내가 늦어도 너는 절대 날 버리고 어딘가로 가버리지 않을 것 같은 확신이 든다. 나는 준비하고 너를 만난다. 몇 역 되지 않는 거리지만 너는 내 쪽으로 조금 더 가까이 와 주었다. 나는 너의 손을 잡는다.

너와 나는 평범하게 만나서 평범한 식사를 한다. 돌아다니다 카페에 가면 아메리카노로 두 잔을 시키고 아니면 그냥 집으로 향한다. 결국 우리는 우리가 잡았던 손을 놓고 서로의 집으로 향한다. 그럼에도 나는 너를 보낼 수 있는 이유는 한 가지. 너는 꼭 나와 헤어질 때 나의 머리를 쓰다듬어주며 이야기한다.

"또 볼 거야."

그 두 마디에 나는 너를 보낼 수 있다. 헤어지는 게 아니라 다시 볼 거라고 너는 나에게 다짐한다.

여자는 단순하다. 남자 또한 그렇다. 너 또한 나의 어떠한 말이 좋아 그렇게 나를 만나고 있는 것이라고 믿는다. 그 말은 두고두고 너를 잊지 못하는 무언가로 작용해 버린다.

016.

당신이 불러 준 덕분에 내 이름이 너무 좋아졌어요.

017.

너는 가끔 나의 사랑을 불안해했다.

'너는 어느 순간 나에게서 떠나버릴 것 같아.' 늘 하는 이야기에 내가 해 줄 수 있는 이야기는 단 하나였다.

내 우주의 반을 너에게 나눠줄게.

영원히 잡히지 않을 것 같다고 네가 불안해한다면, 나는 너에게 내 우주의 반을 줄게. 그 우주 속에 있는 별은 모두 네 거야. 하지만, 그 우주의 별이 손에 잡히지 않을 것 같다면, 남은 우주의 반도 너에게 줄 수 있어.

너는 그 고백이 유치하다고 웃었다. 하지만 나는 진심이었어. 나는 너에게 정말 모든 것을 줄 수 있었어.

올해 겨울은 덕분에 따스했다.

겨울의 해가 따스하다는 것을 알았고, 눈이 내린 뒤의 풍경이 시리지 않았다.

네 덕분에 나의 우주에는 별이 생겼고, 그 별이 내 우주를 빛내 주었다.

그렇기 때문에 나의 우주는 네가 만들었다고 해도 과언이 아닐 것이다. 그전까지 까맣기만 한 차가운 그 공간에 네가 들어왔다. 그리고 빛이 만들어졌고, 그 작은 빛은 불덩이가 되어 내가 움직일 수 있는 열이 되었다. 이걸 단순히 사랑이 라는 단어로 정의할 수 있을까?

이미 너는 내 우주인데, 그 사실을 믿지 않으니 나는 '우주의 반을 줄 수 있다.'라고 말할 수밖에. 나머지 반은 내가 너를 지키기 위해 남겨놔야지. 네가 나의 우주에서 자유롭게 헤엄칠 때, 너를 지키기 위해 다른 반의 우주로 너를 보듬어 줘야지. 그 시간은 아마 영원일 것이다.

018.

나는 내가 마법사인줄 알았어.

내가 예쁘다고 하면 너는 끝도 없이 예뻐졌거든.

019.

너의 입에서 나오는 단어는 정말 신기하지.

내가 분명히 알고 있는 단어인데도 불구하고, 그 모든 소리가 처음 듣는 단어처럼 신기하게 들린다. 네가 바라보는 세상은 나와는 다른 세상을 보고 있는 것일까?

"OO아, 꽃이 피었어."

너는 나의 이름을 부르며, 담장 아래 낮게 피어있는 민들레를 가리켰다. 그 모든 소리가 너무나도 신기하여 나는 듣지 못 한 척 다시 한번 '응?' 하고 되물었다. 너는 바닥에 주저앉아 차마 그 꽃을 꺾지는 못 하고 오랜만에 다가온 따스한 계절에 기분이 좋아졌는지 'OO아, 보여?'라고 다시 한번 내 이름을 불러 주었다. 나의 이름조차 너의 입에서 혀를 따라 굴러 나오는 발음이, 태어나서 치음 들어보는 이름과 같이 들렸다.

"응, 예쁘네."
"이제 정말 완연한 봄인가 봐."

추위를 잘 타는 너는 바라보고 있던 꽃 보다 더 예쁘게 웃으며 자리에서 일어났다. 태양이 따스해서일까, 너의 웃음이 따스해서일까. 잘 모르겠지만 '정말 봄이 왔네.'라는 생각이 들었다. 네가 손을 뻗었다. 나는 그 따스한 온기를 부여잡았다. 손을 잡고 이끄는 길까지, 햇살이 들지 않은 곳이 없었다. 나의 이름부터, 모든 단어에. 정말 오랜만에 봄이 왔구나.

020.

땅 위에서 멀미를 하는 기분이었다.
오랜 시간 망망대해를 표류하다 땅을 발견하고
그 땅 위에 첫 발을 내디뎠을 때,
그 땅에서 하는 멀미처럼 정신이 아찔했다.

"미쳤나 봐. 나 정말 기분이 이상해."

라는 말만 수없이 반복했다.

수많은 연애는 해 봤지만 너와의 연애는 처음이라
눈도 제대로 못 마주치고, 손도 제대로 못 잡는 이런 느낌은
나에게 너무나도 옛 것의 감정이라

이럴 수 없다고, 거짓말이라고 생각해서.
내 뇌가 나에게 장난치는 거라고 생각해서.

얼굴에 열이 내리지 않고, 손에서 식은땀이 났다.
너의 눈조차 마주치지 못 한 그때.
이 감정을 무어라 표현해야 했을까.

021.

저녁에 보드를 타다가 정말 작은 돌부리에 걸렸다.

덜커덕, 하더니 순간 중심을 잘 못 잡아 뒤로 넘어지고 말
았다.

재수 없는 놈은 뒤로 넘어져도 코가 깨진다는데, 그 정도로
재수가 없진 않았는지 손목과 허리만 조금 뻐근했다. 사람
들이 주변에서 걱정하는 눈으로 바라보는데 그게 그렇게 싫
어서 자리를 얼른 피했다. 그냥 누군가 나를 그런 눈으로 보
는 것 자체가 나에겐 역겨운 일이었다. 하지만, 전화를 걸어
너에게 연락이 닿은 순간.

"나 다쳤어."

너에게는 앞 뒤 설명도 없이 무작정 다쳤다고 이야기했다. 어쩌다 다쳤어, 많이 다쳤어? 묻는 너의 걱정 묻은 목소리에 그저 기분이 좋았다. 나를 더 불쌍히 여겨줘. 나 많이 아프니까, 더 많이 동정해 줘. 갈구하듯 나는 일부러 크게 다친 척 이야기했다. 그 시간에 그렇게 크게 다치면 응급실에 갔지, 너한테 이렇게 전화도 못 하는 것을 알면서도 너는 나 대신 우는 소리를 하며 '다음에 또 그렇게 위험하게 탈 거면 보드 압수할 거야.' 불만 가득 섞인 목소리로 화냈다.

화를 냈다고 표현해야 할까? 이것은 너의 걱정인 것을 잘 알고 있다. 너는 절대 나에게 화를 내지 못하지. 물론 나도 네가 다쳤을 때 '화 낼 거야. 그러니까 절대 다치지 마.'라고 엄포했지만, 결코 화낼 수 없다는 것을 알고 있다.

우리는 서로가 너무 약아빠진 연애를 하고 있는 것 아닌가. 이렇게 서로가 원하는 이야기를 해 주는 사람이 나의 연인이지 아니한가.

022.

딱 그런 계절이 있다.

덥지도 춥지도 않은 미적지근한 바람이 선선히 불고. 너는
침대가 아닌 소파에 누워서 내가 뭘 하고 있는지 그 까만 눈
동자로 한참을 쳐다보면. 나는 너를 바라보고, 너는 다시 고
개를 돌려 핸드폰을 만지작 거린다.

"뭐 해?"
"그냥 보고 싶어서."

계속 나를 보고 있으면서 보고 싶다고 말하는 너에게 내 손
을 내어주면, 그 손을 꼭 부여잡고 너는 눈을 감는다. '보고
싶다며, 안 봐도 괜찮아?' 장난스럽게 말하면 '닿아 있어서

팬찮아.'라고 대답하는 목소리가 바람처럼 부드럽다. 내가 가장 사랑하는 나의 시간아.

023.

너는 내 무릎 위에 누웠다. 그리고 얼마 지나지 않아 피곤한 듯 조용히 숨을 쉬며 잠에 들었다.

"일어나."

나는 너를 깨웠다. 너는 눈을 가늘게 뜨더니 피곤하다며 깨우지 말라고 나에게 당부했다. 너는 다시 약하게나마 뜬 눈을 감아 버렸다. 나는 너의 모습을 얼마간 더 살펴보았다. 너는 눈을 꼭 감고 있었다. 내가 오래간 쳐다보았지만 전혀 나의 눈길이 신경 쓰이지 않는지 계속 눈을 감고 있었다.

"일어나."

나는 다시 너를 흔들었다. 너는 이번엔 눈을 뜨지도 않고 대답했다.

"진짜 깨우지 마."

무언가 화가 났다. 나는 네가 나의 무릎을 베개 삼아 있다는 것을 알고 있었지만 그 자리에서 벌떡 일어나 버렸다. 너의 머리는 그대로 바닥에 쿵. 하고 떨어졌고. 당황한 듯 약간은 화난 듯 일어나서, 너는 나에게 왜 그러느냐고 물어보았다. 나는 대답하지 않았다. 너는 나에게 삐졌냐고 물어봤다. 대답하지 않았다. 그대로 나는 내 방으로 들어가 버렸다. 그리고 침대 위에 이불을 푹 덮고 눈을 감았다. 나른한 따뜻함에 살짝 졸려지려고 숨소리가 작아지는 순간 무언가 날 툭, 가볍게 쳤다. 나는 눈을 게슴츠레 떴다. 그 앞에는 네가 걱정스러운 듯 나를 바라보고 있었다.

"숨 쉬고 있는 거지?"

그렇게 죽은 듯이 자면 정말 어느 날 갑자기 죽어버려도 자는구나, 하고 그냥 넘어갈 것 같아서 무섭다고 너는 나에게 말했다. 나는 너의 눈을 지긋하게 한참을 바라보며 물어보았다.

"일어날까?"

024.

이런 생각을 가끔 했습니다.

이렇게 사는 인생에 무슨 의미가 있을까.
좋아하는 일도 못 하고, 좋아하는 사람도 잃고, 시간이 흐를
수록 나는 망가지기만 하는데 이렇게 사는 인생에 의미가
있기는 할까.

사실 그런 생각을 많이 했습니다.

내 마음은 이미 폐허인 것을. 아무도 들어와서 살아주려 하
지 않는 것을.
나는 무엇을 위해 이 폐허를 버리지 못하고 미련스레 삶을

살고 있나.

나의 가장 깊은 불행으로 사랑하는 사람이 떠났을 때, 사랑
했던 사람이 그렇게 나에게서 등을 돌렸을 때. 가장 무너졌
습니다. 무너져 내리고 말았습니다. 그때의 우울을 합치면
아마 나는 마음에 집이 아니라, 지구를 만들 수 있을 거예요.

제 이야기를 다 들으셨나요?

이제 나의 마음은 앙상한 기둥하나로 버티고 있는데, 제발
이 것 마저 부시려 하지 마세요.
더 이상 들어오지 마세요.
이 미련한 폐허에 당신 같은 소중한 사람이 웬 말입니까.

025.

'세상 수많은 사람 중 우연히 너를 만났다.'는 말이 너무 싫었다.
이게 어떻게 우연일 수 있어, 내가 너를 사랑하는 것은 필연일 수밖에 없었다.

그렇지 않다면 나는 세상에 왜 태어난 걸까?
그 수많은 고통을 모가지에 꾸역꾸역 밀어 넣다 체하면서까지 버틴 이유가 무엇일까.
그 이유의 끝에 반드시 네가 있다고 생각한다.
그렇게 생각하지 않니, 내 사랑.

026.

온기라는 게 참 신기하지.

심장이 뛰는 도닥임은 가만히 들으면 눈물이 날 것 같다.

눈을 감고 있어도 네가 살아있구나 알 수 있는 그 모든 것들이 감사하고 신기하다.

자고 있는 너를 가만 바라보았다. 코 끝을 살짝 쓰다듬듯 누르자 인상을 찡긋 하고는 슬며시 눈을 뜬다. 그 눈 사이로 놀란 검은 눈동자가 도륵도륵 구르다 나와 눈이 마주친다.

"깼어?"

"네가 깨웠잖아."

잠에 취한 갈라진 목소리로 웅얼거린다. 나는 웃으며 더 자.

하고 너를 안아주었다. 심장과 심장이 맞닿아 서로의 엇갈리는 도닥임이 전해진다. 너는 조금 더 내 품으로 파고들고 편한 자리를 잡았는지 다시금 천천히 새액 새액 소릴 낸다. 천천히 느려지는 숨과 일정하게 뛰는 심장에 '아, 잠들었구나.' 다시금 너의 온기를 느끼게 한다. 머리카락을 살살 쓸어 넘겨도 너는 더 이상 깨지 않는다. 옆에 있는 사람이 나라는 사실을 알아서 더 이상 속지 않는다는 듯 내 품으로 더 파고 들뿐이었다. 너의 심장 소리를 알아간다. 너의 온기가 나에게 전해진다. 우리는 서로의 생명을 공유하고 있는 것은 아닐까.

027.

나의 이름은 흔해 빠졌다. 아마 반에서 두 명, 학년에 네다섯은 있을 법 한 이름이었다.

멀리서 'OO아' 부르면 적어도 복도의 둘셋은 돌아보는 그러한 이름이었다. 그런 이름이 너무 싫어서 한 동안은 내 이름을 부르는 목소리를 모르는 척하기도 했다. 지금 생각해 보면 그 이름은 정말 나를 부르는 이름 이었을까 하는 생각도 들었다. 소중하다고 생각해 본 적 없던 그 이름을 어떻게 해야 사랑할 수 있을까.

스스로 사랑하지 못하는 이유는 정말 이름 하나 때문이었을까?

침대에 누워 멍하게 창을 통해 하늘을 바라보았다. 쨍한 푸른빛에 살짝 인상이 찡그려졌지만, 딱히 피하고 싶은 마음은 들지 않았다. 계속 하늘을 바라보는 나의 눈 위로 너의 손이 덮였다. '그러다 눈 나빠져.' 너는 한 마디를 한다. 나는 눈을 감지 않은 채로 하늘을 바라보던 눈을 옮겨 너를 바라본다. 떼구르 구르는 까만 눈동자를 가만히 응시하던 너는 살짝 웃는다.

"난 너의 눈이 정말 좋아."
"눈 말고 좋은 건 없고?"
"다 좋은데, 눈이 그중에 가장 좋다는 말이지."

너는 당황하지 않았으면서, 당황한 척 이야기하고 나는 일부러 짓궂은 질문을 한다. '왜 눈이 가장 좋아?' 하는 나의 어리광에 '그냥? 보고 있으면 우주 같아. 그런데 또 그 안에 내가 비치고 있는 모습이 너무 신기해.'라고 대답한다. 나의 눈은 너를 한가득 담고 있는 채로 샐쭉 웃었다. '그게 뭐야 유치해.'

"OO아."

너의 부드러운 목소리가 내 눈을 넘어서 귀를 통해 들린다.
나의 흔해 빠진 이름이 들린다. 흔해 빠졌지만, 네가 정확히
나를 부르는 소리가 들린다.

028.

너는 나에게 한쪽 귀가 잘 들리지 않는다며 가끔 부끄러워
했다.
잘 못 듣거나, 여러 번 다시 질문해야 하는 상황을 싫어했다.
너희 오른쪽 귀가 들리지 않는다면,
그쪽에만 나만의 비밀을 더 많이 이야기해 줘야지.
평소에 너라면 깜짝 놀랄 정도의 이야기를, 네 오른쪽 귀만
듣게 해 줄 거야.

너 정말 예쁘다.
너 정말 사랑스럽다.
우리 그냥 결혼할까?

이건, 나와 네 오른쪽 귀만 알고 있는 비밀이야.

나는 네게 그런 예쁜 비밀을 잔뜩 만들어 줄 거야.

네가 묻고 또 묻는다면 계속해서 이야기해 줄 거야.

029.

졸려?

아침 먹을래? 커피 사다 줄까?

너는 그냥 누워있어. 내가 다녀올게.

너는 어디 떠나지 말고 나랑 함께만 있어줘.

금방 다녀올게.

미안하다고 하지 마.

그냥 너를 내가 조금 더 사랑하기 때문이야.

졸려?

얼른 다녀올게. 조금 더 자고 있어.

030.

너는 곤란해했지만

나는 너의 옛사람들에 대해 물어보는 것을 좋아했다.

몇 명을 사귀어봤어? 어떤 점이 좋았어?

그 사람의 무엇을 사랑했어?

그렇게 사랑했는데 왜 헤어졌어?

너는 참 대답하기 싫어 '그런 걸 뭐 하러 물어봐?'라고 자주

질문했지만,

나는 그 대답을 듣는 게 너무나도 좋았다.

너는 결국 수많은 나를 사랑했었구나,

하지만 결국 그 모든 게 내가 아니었기에

돌고 돌아 결국 나와 사귀고 있구나.

031.

백야(白夜)라고,
세계 어디에는 밤이 없을 때도 있대.
우리 지금의 극야(極夜)를 건너
백야의 나라로 가자.

밤이 없는 것처럼.
그래서 내 생각이 많아지는 새벽이 없도록
우리가 떨어져 있는 밤이 외롭지 않도록
떨어져 있는 동안 다른 생각을 할 수 없도록
백야의 나라에 가자.

그저 낮만 한창 살자.

너와 함께 생각 없이 웃을 수 있도록

잠도 자지 말고 그렇게 사랑하자.

032.

나는 이 행동에 이름을 붙이고 싶지 않아.

그저 일상과 같다고 생각하고 싶어. 오밀조밀한 너의 얼굴을 검지로 살짝 찌르며 웃는 이 행동 자체에 어떤 이름이 붙어야 할까? 그 이야기를 했더니 너는 픽 웃으며 대답했다.

"사랑이지 뭐."

그게 '사랑'이라는 단어로 쉽게 정의가 되는 행동일까? 너의 눈을 빤히 바라보았다.

"내가 무슨 생각하는지 알 것 같아?"

"글세, 내가 너무 사랑스럽다는 생각?"

뻔뻔한 대답에 '그래' 하며 가볍게 웃고 말았다. 사실 나의 행동에는 아무런 의미가 없었다. 네가 거기 있었기 때문에 나는 너를 만졌고, 너는 내가 만지기 때문에 가만히 있었을 뿐이다. 숨 쉬듯 자연스러운 행동에 '사랑'이라는 거창한 단어가 붙을 필요가 있는가? 가만 생각을 하다가 그 애의 얼굴을 다시 한번 살짝 찔렀다.

나의 행동에 관성처럼 웃는 너의 모습은 내가 다시 반하기에 충분했다.

"나 방금 다시 반한 것 같아."

"기분 좋은 이야기네."

'너는 나한테 다시 반해 본 적 없어?' 나는 물었다. 그 애는 '늘 반해있어서 다시 반하는 게 필요할까?'라고 대답했다. 늘 반해있는 게 아닐 수 있어. 매 순간 반하고 있는 것 일 수 있어. 나의 말에 가만 생각하던 너는 그럴 수 도 있고.라고 대답했다. 너의 목소리, 눈, 모든 게 나에겐 여전히 빛난다. 너에게 나는 어떠한 모습으로 보일 것 인가. 오늘도, 내일도 계속 사랑해 줄래? 나의 질문에 너는 고개를 끄덕였다. 너의 빛은 나를 보고 있기 때문에 나오는 것일까, 혹은 너의 빛에 내가 끌려서 사랑을 하는 것일까. 아직도 나는 어떠한 것이 정답인지 알 수 없다.

우리의 행동에, 숨소리에 '사랑'이라는 이름을 붙이자. 다른 사람에겐 없는 그 무엇보다 특별한 이름이 우리를 계속 빛나게 만들겠지. 서로를 빛내자. 나는 너를 비로소 팔을 벌려 꼭 안았고, 너는 답을 하듯 나의 등을 안고, 머리를 쓰다듬어 주었다. 오늘은 뭐가 그렇게 불안해서 이런 걸 물어보는 거야?라는 너의 질문에 '그냥, 이 사랑이 너무 당연하다고 생각하니 살짝 슬퍼졌어.'라고 대답했다. 세상에 당연한 사랑이 어디 있니. 너무 말도 안 되는 나의 대답에 너는 하하 웃으며 이야기한다.

"나는 네가 숨을 쉬고 있는 소리가 좋아. 조용조용 숨을 쉬는데 그 숨이 너무 부드러워서 내가 지켜줘야 할 것 같아."

너는 낯간지러운 소리를 참 잘한다. 내가 핀잔을 두자 사실인걸. 하며 너는 적당한 세기로 나를 꽈악 안았다. '더 세게

안으면 너는 부러질 것 같아.' 늘 하는 말이었다. 나는 보란 듯 있는 힘을 다 해 안았지만 '이게 힘 다 준거야?'라는 이야기밖에 듣지 못했었다. 결국 우린 꼭 껴안았다. 이런 행동도 사랑이라 부를 수 있다면, 너와 나는 언제까지 사랑을 하게 될까? 눈이 마주쳤을 때 기쁜 순간이 사랑이라면. 우리는 어느 순간까지 눈을 마주칠 수 있을까?

033.

'우리 같이 죽자.

한 날 한시에 같이 손을 잡고 조용히 세상에 없었던 사람이

되어버리자.

그러면 조금은 덜 외로울 것 같아.

세상은 내가 없어도 분명 잘 돌아가겠지만, 나 없이 네가 잘

사는 것을 보고 싶지 않아.'

우리 같이 죽자고 매달리는 것을 너는 싫어했다.

'같이 살자.

그러지 말고 네가 떠날 때까지 내가 너랑 함께할게.

그러니까 영원히 살자.

세상은 우리가 없어도 분명 잘 돌아가겠지만, 너 없이 내가

잘 사는 것은 나도 보고 싶지 않아.'

034.

나는 어느 날 갑자기 사람이 확 싫어진다.

그 사람이 지금까지 어떠했든, 얼마나 우리가 사랑을 했든,

내가 얼마나 화를 냈었든.

얼마나 사랑했던지.

그냥 그 모든 순간들이 모두 싫어진다. 싫어진다고 표현하
는 게 맞는 걸까? 내가 너무 매몰 찬 건가? 싶을 정도로 그
사람이 보기 싫어지는 순간이 온다. 속이 메스껍고, 역겹고
토하고 싶어 질 정도로 그 사람이 싫어지는 순간이 온다. 그
순간이 되면 우리는 이별을 해야 하는 순간인 거다.

더 잡을 수 없고, 더 잡아서 잘 될 것 도 아니다. 그냥 누군
가 떠나야 하고, 보통 그 역할을 맡는 게 나일뿐이다. 왜 그
런 성격이 됐냐고 물으면 잘 모르겠다. 항상 어느 순간, 그

사람에 대한 사랑을 모두 써 버린 것처럼 그렇게 사랑이 동이 나 버리면 나는 그 순간을 참지 못 하고 그냥 떠날 준비를 하는 것이다.

'이기적이다.'라는 이야기를 들었다.

그럴 수 있지. 하지만 사랑하지 않는 사람을 계속 내 옆에 두고 마음을 주지 않는 것은 이기적이 아닌가?

너는 나의 사랑을 계속 받아먹고, 나에게 사랑을 주지 않았기에. 그것은 이기적이 아닌가?

왜 나는. 왜 나만.

이렇게 아파야 하는가.

이기적이라는 말을 들으면서도 왜 결국 울면서 떠나는 것은 나여야 하는가.

너는 나를 단 한 순간이라도 진심으로 사랑했는가.

035.

자기야.라고 부르면 나는 진짜 네가 내 것이 되는 줄 로만
알았다.
자기(自己)의 의미처럼, 네가 내가 될 수 있을 줄 알았다.
네가 내가 된 이후, 내가 네가 될 수 있다면 우리는 마냥 영
원할 줄 알았다.
'자기야'라는 단어의 안에 '영원'이 함께 할 거라고 생각했다.

036.

사람이 그러면 안 돼요.

그렇게 잘 마시지도 못하는 술을 양껏 먹고 취해서, 나한테

안아달라고 이야기하면서.

다른 사람 이름을 부르다니요.

037.

악몽을 잔뜩 꾼 날이었다.

자다가 깨다가를 반복하며 아침에 일어나도 피곤한 스스로

에게 어떻게 해야 할까 자문했다.

오랜만에 꾼 악몽이었다. 깊은 곳 그 어딘가로 끌어내리는

느낌이 드는, 하지만 나는 빠져나올 수 없는 그런 꿈이었다.

불쾌하기 짝이 없었다. 잘 잔 적이 언제였지, 속으로 횟수를

세어보며 최근 꾼 꿈과 악몽을 떠올렸다.

아, 나 잠을 많이 못 잤구나.

깊은 꿈에 들지 못한 상태로 시간이 흘러 지금까지 오게 되

었다. 이불을 머리끝까지 뒤집어썼다. 다시 한번 더 잘 수

있을까? 꿈에 네가 나오면 좋겠다. 그러면 그 어떠한 상황도 무섭지 않을 텐데. 간절히 바라며 눈을 감았다. 악몽을 꾸면 네가 나타나서 내 손을 잡고 이끌어 주기를 바라며 그렇게 다시 잠에 들었다.

038.

너를 왜 좋아했을까.

너를 왜 사랑했을까.

너를 왜 사랑해 버렸을까.

너를 왜 세상의 모든 것이라고 생각했을까.

너는 왜 내 세상의 모든 것이 되어버린 걸까.

너는 나를 왜 버린 걸까.

나는 왜 그런 너를 너무나도 쉽게 놓아준 걸까.

039.

네가 왜 울어.

나를 싫어하는 너를 위해 내가 못 된 역할을 맡았는데, 울긴 왜 울어.

내가 웃어야 해? 이 관계에서 누구 한 명은 웃어야 하는 것 아니야? 나는 끝까지 너에게 웃음만 주려고 이 관계의 끝을 스스로의 입으로 말했는데, 네가 울면 내가 이 짓을 왜 한 거야?

어떻게 하기를 바라? 내가 다시 한번 더 사랑해 달라고 매달 릴까? 너도 스스로 알고 있지 않아?

우리는 서로를 너무 사랑했고

우리는 너무 사랑했기 때문에 더 이상 남은 사랑이 없어.

이 비어있는 마음을 가지고 나는 너에게 더 줄 수 있는 것이 없어.

너도 그렇잖아.

마음이 비어 있는 것 아니었어?

너는 아직 마음에 무언가 남아 있었던 거야?

그럼 왜 그걸 아직까지 아끼고 있었던 거야?

내가 무너지고, 매달리고, 울고, 불고, 때리고, 상처받고, 자

해하는 동안.

너는 왜 그 사랑을 아끼고 있었던 거야?

그냥 아낌없이 서로를 사랑하기도 부족한 시간이었는데.

040.

나는 내가 마냥 길치인 줄 알았지.

방향도 모르고, 지도를 봐도 이리저리 헤매고 나는 그래서 내가 반드시 길치라고 생각했다.

너 또한 그런 나를 보고 '지도 이리 줘 봐' 하며 나의 핸드폰을 빼앗아갔다.

나는 그걸 그냥 빼앗기고 '나는 길을 정말 못 보는 것 같아.' 하면서 그냥 너의 손을 잡았다.

그러면 너도 잘 못 보는 지도를 이리저리 돌리며 어떻게 우리는 목적지에 도착했다.

"내가 그래도 너 보다 길을 잘 찾는 것 같아."

한참 헤매어 목적지에 비로소 도착한 뒤, 한 마디 하면 너는
'그래도 내가 더 나아.'라고 대꾸했다.

그렇게 한참을 의미 없는 이야기로 길치 둘이 투닥거리다
보면, 우리 앞엔 이미 식어버린 커피 한 잔만 놓여 있었다.
'그만 갈까?' 식어버린 커피를 빠르게 마시고 나는 다시 너
의 손을 잡았다.

한 번 온 길이라고, 더 헤매지 않고 너는 나를 다시 가야 하
는 곳으로 잘 데려다주었다.

"잘 들어가."

"잘 가."

인사를 하던 목소리와 흔들던 손과, 놓치면 안 됐던 그 손.

나는 왜 너의 손을 그렇게 쉽게 잡고, 왜 너의 손을 그렇게
쉽게 놓아버린 걸까.

내가 더 길을 잘 찾았다면 너의 손을 끝까지 잡고 있을 수
있었을까.

너는 여전히 지도 보는 것을 자신 있어할 까, 핸드폰의 지도
를 돌리며 여전히 '내가 더 지도를 잘 봐'라고 오기를 부리

고 있을까.

나는 이제 길을 잘 찾는다.
어쩌면 다시 만났을 때 내가 너의 손을 잡고 길을 찾아줄 수
있을 정도로 이젠 지도를 잘 보는데.
그때 그 손을 놓지 말고, 내가 길을 잃지 말았어야 했는데.

041.

너에게 나는 참 많은 것을 물어봤다.

셔츠와 맨투맨 중에 뭘 입을까?
내 머리가 단발이면 어떨까?
여성스럽게 나도 시폰 원피스 같은 거 입어볼까?
어떻게 생각해?

그 모든 질문에 너는 심드렁하게 대답을 했다. 명확해서 좋았다. 너는 셔츠를 입은 내 모습을 좋아했고, 장발을 좋아했다. 시폰 원피스는 나에게 어울리지 않는다고 했다. 아주 명확하게 너는 나에게 대답해 주었다. 그러면 나는 너를 만날 때 셔츠를 입고, 한참 말려야 하는 장발을 유지했고, 한 번

쯤 입어볼까 했던 시폰 원피스도 쇼핑몰 장바구니에서 빼 버렸다. 너는 그리고 그러한 나를 좋아했다.

그러한 나를 좋아한 것이 맞나?

'나'를 좋아한 것이 맞나?

어떤 대답을 원했냐면, 그냥 둘 다 예쁠 것 같아. 네가 입어 보고 싶으면 한번 입어봐. 예쁠 거야. 같은 뻔한 이야기를 듣고 싶었다. '그러지 말고 둘 중에 하나 골라줘'라는 이야 기를 하고 싶었다. 내가 듣고 싶은 말과 네가 해 준 말의 길 이는 이렇게나 같으면서, 다른 느낌이구나.

042.

괜히 시계가 사고 싶었다. 물론 핸드폰으로 손쉽게 볼 수 있는 게 시계라고는 하지만, 나는 손목에 차는, 매일같이 벗었다 끼웠다를 반복하는 그런 시계를 사고 싶었다. 무언가 바빠지고 싶었다. 물론 내가 지금 바쁘지 않다는 것은 아니다. 내 나름대로의 일로 돈을 벌기도 하고, 나름의 공부를 하기도 하지만, 나는 소소한 것에 바빠지고 싶었다.

"이 시계 어때?"

나는 사고 싶은 시계의 사진을 너에게 보여주었다. 너는 나에게 말했다. '너무 진부하다.' 그것은 내가 봐도 평범했다. 동그란 메탈 위에 검은 숫자가 또박또박 적혀있었다. 끈은

갈색 가죽 끈이었고, 특별한 것 하나 없었다. 나는 특별한 게 필요했다. 일상마저 진부한데 여기에서 더 진부하고 싶지는 않았기 때문이다.

"이건 어때?"

금색 끈에 화려한 하늘색이 덧대여진 디지털시계였다. 솔직히 디지털시계를 사고 싶었던 것은 아니지만, 나름대로 심플하면서도 화려한 멋이 있었다. 그래서 아마 나에게도 어울리지 않을 것이라는 것을 나는 알고 있었다. 하지만 이런 소품 하나쯤 있으면 어떠한가. 혹시 알아, 내 기분을 전환시켜줄 수 있는 물건이 될지도 모른다. 금색시계의 가격은 아까 본 평범한 아날로그 가죽끈의 시계 가격의 세배였다. 하지만 그런 것은 별로 상관없었다. 나는 나름대로 돈을 벌고 있으니까. 하지만 너는 나에게 말했다. 그거 너무 노숙해 보여, 금색이나 은색은 할아버지 시계 같아.

기운이 빠졌다. 시계를 사려는 의도는 일상에서 소소한 바쁨을 느끼기 위함이었다. 시계에 물이 닿지 않도록 신경 쓰고, 시간이 엇나가지 않도록 늘 잡아주고. 하지만 너의 말

하나하나가 나에게는 의욕을 꺾는 말로 다가왔다. 그냥, 지금 살고 있는 그대로 살라는 것처럼 들려와 버렸다.

너도 알고 있고 나도 알고 있다. 우리는 우리에게 마저 점점 익숙해졌다. 일상처럼 문자하고 일상처럼 대화를 한다. 하지만 그것은 더 이상 일상에서 벗어나 무엇이 소소한 바쁨과 행복을 주지는 못했다. 옛날과 다르다. 여전히 설렌 다면 그것도 병이다 싶겠지만, 이렇게 익숙해지는 것을 바라지도 않았다. 내가 나와 대화하듯, 무심한 대화를 원한 것이 아니었다.

"나 시계 살 거야."

"갑자기 무슨 시계야."

"그냥 사고 싶어."

"그래. 그럼 사."

누군가는 '너의 의견을 제제하지 않으니 좋은 사람 아니냐.'라고 핀잔줄 수 있겠다. 하지만, 배 부른 소리일까 내가. 내가 지금 하는 말들은 남들이 보기에 어떻게 보일까. 너는 나에게 그 몇 마디만 하고 다시 너의 일에 집중했다. 나도 다시 내 손목에 어울릴 만한 손이 많이 가는 시계를 찾는다. 일상에서 오는 지루함과 너에 대한 섭섭함을 잊기 위해 나는 손이 많이 가는 시계가 필요하다. 최대한 손이 많이 가는 시계가 필요했다.

043.

잠들어있는 너의 뒷모습을 한참 바라봤다.

이전에도 너는 이렇게 나에게 등을 돌린 채 자고 있었나.

044.

너의 사랑한다는 말은 나를

참 불안하고, 불온하게 만들고,

숨 쉴 수 없을 정도로 목구멍 끝이 먹먹해지기도 하고

그럼에도 사랑한다는 말이 너와 너무 잘 어울려서

그 의미 없는 말을 놓지 못하는 내가 너무 싫어지고.

045.

당신의 것이 아직도 남아서, 내 이름이 너무 싫어졌다.

046.

잘 지내라는 말은 절대 할 수 없을 것 같다.

그렇다고 너를 평생을 진심으로 미워만 할 수 도 없을 것 같
았다.

사랑하거나, 증오하거나 둘 중 하나만 할 수 있었어도 이렇
게 괴롭진 않았을 텐데.

이런 감정을 사람들은 뭐라고 부를까?

가끔 속에서 불이 나기도 하지만, 네 생각에 세상에 혼자가
된 것 마냥 외로워지고, 애틋함이 살짝 올라오다가도 그게
눈물이 돼서 울컥하고 쏟아져 내리고. 칼로 상처를 후벼내
듯 또 아파오고.

이런 감정을 어떤 단어로 정의할 수 있을까?

나 말고 다른 사람도 분명히 이런 감정을 살아 본 적이 있을
것 같은데.

그 사람은 이 감정을 뭐라고 정의했을까?

나는 세상에 존재하는 어떤 단어로도 만들 수 없을 것 같다.

그냥 이 감정에 네 이름을 붙일게.

047.

나는 책을 낼 거야.

사람들이 우리의 이야기를 알았으면 좋겠어.

달고, 쓰고, 시고, 맵고 결국은 짠맛으로 끝 나 버리는 우리
의 이야기를.

그런 이야기를 모두에게 들려주고 싶다.

그리고 그 모든 사람 속 어딘가에 네가 있으면 좋겠다.

048.

내가 너에게 너무 많은 것을 바랐나 보다.

변하지 말자.

그게 너에겐 그렇게 어려웠나 보다.

아니면 내가 너무 어렵게 말을 했나 보다.

나는 그저 네가 너로 존재만 해 줘도 된다는 뜻이었는데, 너
는 그 말을 너무 어렵게 이해했나 보다.

내가 잘 못 했네.

변해도 돼.

네가 너로 존재하지 않아도 돼.

아주 많이 변해도 돼.

그냥 나에 대한 마음 그거 하나만 변하지 않으면 돼.

049.

당신은 정말 좋겠어요.

내 마음의 일부가 되어 내가 죽을 때까지 계속 살아가잖아요.

내 이야기의 일부가 되어 평생을 글 속에서 계속 살아가잖아요.

모두가 나를 잊어도

당신은 잊지 않겠죠.

부럽네요.

그런데요.

당신에게는 내가 남아 있나요?

050.

아무렇지 않게 열려 너에게 상처 줬던 내 입은

네가 떠나갈 때 왜 한 마디 못 하고 굳게 닫혀있었던 것일까.

울 때, 내 눈물을 닦아주던 고운 손가락이 있었던 것 같은데

어느 순간부터 내 눈물은 정처 없이 바닥으로 마냥 가라앉았다.

눈물이 흐르고 모든 숨이 마르고 말라 그냥 이렇게 죽어버리면 좋겠다.

그렇게 간절히 바랐지만, 내 손은 내 의지와 다르게 살아보겠다고 발버둥 치며 흐르는 눈물을 닦아내었다.

손가락 사이사이로 흘러내리는 눈물을 또 막아보려고 계속 눈을 꾹 누르자.

그제야 목소리가 나왔다.

가지 마.
날 떠나지 마.
가지 마.
가면 안 돼.
너 가도, 다시 돌아올 거잖아.
너도 내가 필요하잖아.
그래야만 하잖아.

051.

나는 사람을 싫어한다고 생각했는데

너를 만나고 그게 아니었구나,

나는 사람이 싫은 게 아니라

사람을 너무 좋아해서

사람에게 기대하지 않으려고 한 거구나.

새삼 깨달으면서 또다시 사람을 사랑하고.

그렇게 또다시 배신당하고

사람을 싫어한다고 생각하고.

나는 영원히 사람을 좋아할 수 없다고 생각하고.

052.

나는 내가 사랑을 받지 못한다는 것을 인정하기까지 너무 오랜 시간이 걸리고 말았다.

지독한 자기 연민에 빠져 애정을 구걸해 보기도 하였고, 다양한 방식의 시도도 해 보았던 것 같다. 하지만 그렇게 돌아온 애정은 '사랑'이라기보다는 연민 섞인 '관심'의 형태였고, 그 마저도 오래가지 못했다. 이후에는 그러한 나의 구걸 방식은 타인을 질리게 한다는 것을 알게 되었다. 결국 받지 못하는 사랑이라면, 그냥 진즉 포기했더라면 차라리 덜 힘들었을 텐데.

하지만 그런 생각을 하다가도 가슴 시리게 외로운 날에는 또 누군가 나의 곁에 있어 주길 바랐다.

단 한 번도 누군가의 최우선이 되어 본 적이 없었다. 누군가
는 가족이, 일이, 자기 스스로를 가장 중요하다 말하였다.
하지만, 나는 항상 우선 시 되는 자리에 '무언가' 존재하고
있었다. 그리고 그것은 대부분 타인이었다. 나는 자신 조차
에게도 최우선이었던 적이 없었다. 그 사실을 직면하니, 다
시 내가 불쌍해지기 시작했다. 하지만 다른 한 편으로는 나
자신이 그 사실을 마주했다는 것에 대견하기도 하였다.

나 자신을 정리하는 일은 생각을 정리하는 것 에서 시작한다.

053.

예쁘다는 말만큼 잔인한 말도 없지.

나는 그 한마디를 듣고 싶어서.

네가 '사랑해.'라고 이야기하는 것 도 아닌데

'예쁘다.'라는 말의 끝자락이라도 듣고 싶어서.

그렇게 너의 말의 끝자락만 양분 삼아 서서히 죽어간다.

054.

그거 알아요?

나는 사람을 참 좋아해서.

여러 사람의 색으로 예쁘게 물들어가고 있었던 사람이었
는데.

하얀 도화지에 아주 예쁜 그림을 그리던 사람이었는데.

너는 검은색이라.

나의 도화지는 결국 너의 검정으로 덮였습니다.

055.

더 많이 사랑한 쪽이 미련이 없다면서요.
그러면 나는 당신과 헤어져 후련해야 하는데 왜 당신이 더
아무렇지 않아 보이죠?

나에게 미련이 남아 매일 밤 혼자 울고, 실수로 뭍에 나온
물고기 마냥 가쁘게 숨을 쉬다가 정신을 잃어주세요. 그리
고 꿈에서 나를 보세요. 꿈에서 나온 저를 보고 꿈에서라도
사과해 주세요. 더 잘해 줄걸 그랬다고 후회하고 울어주세
요. 깨어나서도 끊임없이 질척거릴 정도로 미련에 잠식당해
주세요.

내가 그러고 있어요.

056.

너는 정말 멍이 잘 들었다. 그러기만 했나? 정말 이상한 것에 많이 까지고, 베이고.

어디서 다친 건지 물어보면 그냥 마냥 웃으며 '몰라' 하고 말갛게 웃었다.

물을 따다가 뚜껑에 베여서 피가 나면 '몰랐네?' 하고는 말아서, 나는 항상 밴드를 가지고 다녔다.

다치지 마.

이제 네가 아플 때 약 발라 줄 사람도 없잖아.

그런데 네가 다음에 만날 사람은 너한테 무심해서 약도 안 발라주고, 밴드도 안 챙겨 다니는 사람이면 좋겠다. 그러면 네가 다시 나를 떠올리지 않을까?

그때쯤 내가 다시 보고 싶지 잃을까! 다시 한번 나를 만나주

지 않을까?

057.

보고 있어?

나의 이야기 이기도 하고

너의 이야기 이기도 하고

우리의 이야기인

이 모든 이야기가

이렇게 낱장 낱장에 너무나도 쉬운 글로 적어진다.

이렇게 쉬운 글로 적힐 수 있는 사랑이었는데

우리는 왜 그렇게 어려운 사랑을 한 것 같을까.

글로 이렇게 쉽게

고백도 하고

사랑도 하고

사과도 하고

웃기도 하고

울기도 하고

널 위해 살고

여러 번 죽고

문자라는 존재가 가벼운 것 도 아닌데

말이라는 존재가 무거운 것 도 아닌데

왜 나는 자존심이라는 이름 아래에서.

왜 나는 그걸 못 해서 이렇게 지질하게.

058.

아, 이거 꿈이네.
네가 나와서 나에게 웃어주었다.

059.

나 조금 자리를 오래 비울 것 같아.

잠시 와서 네 짐좀 챙겨 가 줄래?

비밀번호는 똑같아. 너랑 내 생일.

번호는 안 바꿀래. 그냥, 이게 가장 익숙해서.

온 김에 우리 집 고양이 간식도 챙겨주면 고맙고.

너 되게 좋아했잖아 우리 집 애들이.

처음에 너 봤을 때부터 우리 집 애들이 신기하게 넌 좋아
해서.

나는 그게 너무 마음에 들었었는데.

아, 우리가 미래에도 같이 계속 살아도 되겠다.

그렇게 생각해서 너무 좋았었는데, 그게 말처럼 쉽지가 않네.

잠시 이야기가 다른 곳으로 새서 미안해.

나 조금 자리를 오래 비울 것 같아.

잠시 와서 네 남은 짐도 챙겨가면서, 오랜만에 애들 좀 봐
줄래?

그러다 나도 한번 봐주면 더 좋고.

060.

나에게 있는 소질 하나라고는 스스로를 우울하게 만드는 것
뿐인데,
이걸 어떻게 당신에게 유용하게 사용할 수 있을까요.
혹시 모르죠. 당신이 슬퍼할 때 내가 더 슬퍼할 수 있는
그 정도는 내가 정말 잘할 수 있을 것 같아요.
그러기 위해 나는 우울하게 태어났나 봐요.

061.

잘 지내나요. 오늘 하루는 잘 보냈나요.
가끔 당신을 생각하면 그날 하루가 불안했습니다.
어쩌다가 당신을 생각하면 그날의 내가 그렇게도 원망스러
웠습니다.

하지만 그렇다고 당신 생각을 하지 않고 넘어가는 날이 있
다면 그날은 또 그렇게 아쉬울 수 없었습니다. 제가 모르는
당신의 하루가 지나간다고 생각하니 그렇게 가슴 아려오더
라고요.

당신도 내 걱정을 가끔 하나요?
나는 당신의 생각을 하면 걱정을 먼저 합니다.

나보다 항상 튼튼하다고 말 하지만 자주 삐었던 발목은 어떤가요?

운동을 많이 해서 건강하다는 핑계로 매일같이 마시던 술은 아직도 계속 마시고 있나요?

먹을 수 있다면서 밤에 자주 시키던 야식 때문에 다음 날 속이 아프다고 하던 버릇은 조금 고쳤나요?

내가 없는 어느 사이, 제발 우리가 항상 다투던 문제로 또 사고가 나지 않길 바랍니다.

당신의 소식이 어느 날 들렸을 때 그 소식이 부고가 아니길 바랍니다.

건강하세요.

걱정도 사랑이라면, 나는 아직도 당신을 사랑하나 봅니다.

062.

공허한 나의 마음에 너를 채웠다. 너를 채워도 여전히 마음
의 일부는 비어서, 공허했기에 결국 나는 너의 마음을 뜯어
먹었다. 너는 그것을 당연하게 생각했고, 나 또한 그것을 당
연하게 생각했던 것 같다. 너의 사랑이 모두 먹혀 동이 났을
때야 나는 무슨 짓을 했는지 알고 말았다. 게걸스레 뜯어먹
느라 여기저기 살점처럼 떨어져 나간 사랑의 파편을 내려다
보며 물어보았다.

"나를 여전히 사랑해?"

잔인한 질문에 너는 그저 미소 지으며 '내가 어떻게 너를 사
랑하지 않을 수 있겠어.'라고 대답했다. 공허는 여전히 나

를 괴롭혔다. 바닥에 떨어져 있는 사랑의 조각을 주워 먹으면서도 죄책감 보다, 나는 비워져 있는 나를 채우는 것이 여전히 중요했다. 너는 물끄러미 바라보며 '천천히 먹어.'라고 말을 할 뿐 나를 나무라지 않았다. 죄책감에 눈물을 흘릴 때 너는 눈물을 닦아 주며 '왜 울어.'라고 물었다.

"미안해서."
"무엇이?"
"그냥 나의 모든 게."

그저 웃었다. '너만큼 아름다운 것 도 없지.' 그리고 나만큼 너를 죽여가는 것 도 없지. 눈에서 물이 뚝뚝 흘러내렸다. '괜찮아' 너는 괜찮다고 여러 번 나를 다독였다. 마음을 다 파먹었을 때 비로소 네가 힘들어하는 것이 눈에 보이기 시작했다. 아니, 어쩌면 이 전부터 힘들어했던 것을 내가 애써 외면하고 있었을 것이라. 나는 알 수 있다.

"미안해."
"무엇이?"

"나를 버리지 말아 줘."

바닥에 뱀처럼 기듯이 납작하게 누워 너의 발을 잡았다. 너는 그러한 나를 보고, 조용히, 쭈그려 앉아, 머리를 쓰다듬어 주었다. '왜 그렇게 생각한 거야?' 너의 마음엔 더 이상 나에 대한 사랑이 없다는 것을 나는 알고 있다. 그렇다면 이 다정함은 무엇인가. 이 따스함은 내가 어떻게 받아들여야 하는가. 그 사실이 나를 이 세상의 무엇보다 섧게 만들었다.

"나를 여전히 사랑할 수 있니?"
"불가능할 것은 뭘까?"

내가 너의 사랑을 모두 갉아먹었어.라는 문장이 목구멍 끝까지 나왔다가 덜컥 맺히고 말았다. 더 이상 아무 말 도 할 수 없이 할 수 있는 것 이라고는 후회하는 것뿐이었다. '여전히 사랑할 수밖에 없지. 그게 너와 나 인걸.' 너는 잔인하게 말했다. 나를 버리지 않을 것이라는 말을 그렇게 잔인하게 말했다. 차라리 나를 떠나라고 소리 지르고 싶었으나 마음은 또 이기적이게 너의 말에 한 시름 덜었다는 듯 가벼워져 버렸다. 어찌할지 몰라 갈팡질팡 하던 관계는 아마도 앞으로 계속되겠지. 너는 끊임없이 뜯어 먹히고, 고통스러워할 것이고. 나는 채워지지 않는 공허에 괴로워할 것이다.

우리. 다음 생에는. 반드시. 서로를. 미워하는. 사이로. 만나자.

063.

눈을 뜨니 침대 이불을 온몸에 둘둘 말고 울고 있었다.

마주친 거울엔 오랜 시간 울었다는 듯 붉은 눈이 보였다.

나도 알고 있었나 보다.

꿈에 나온 네 모습이 거짓이라는 것을.

그래서 꿈을 깨기 싫어했던 것을.

꿈에서 조차 너는 나에게 못 되게 굴었는데.

그 모습이라도 계속 보고 싶어 하는 내가.

잠을 자면서도 계속 비참했다.

꿈속에서도 계속 울었던 것 같은데

현실에서 오랜 시간 운 나 만 보이고 네가 없구나.

너는 현실에서는 앞으로도 없구나.

064.

너를 만나기 전 내 삶의 원동력은 분노라고 생각했다.
너를 만나고 난 후 내 삶의 원동력은 기쁨이 되었고,
너와 헤어지고 난 후 내 삶은 슬픔 그 자체가 되었어.
이제 나는 내 감정의 무엇을 태우며 살아가야 할까?

065.

하늘과 바다는 저 멀리 보면 맞닿아 있잖아.

우리 지금 이렇게 안 맞아도 언젠가 맞닿는 순간이 있지 않

을까?

그 순간까지 조금 많이 남은 거 아닐까?

내가 맞닿는 순간까지 조금만 더 빠르게 달려가면.

그러면 되지 않을까?

그러니까 헤어지자고 하지 마.

066.

나오기 전 혀뿌리에 항상 걸리는 두 글자가 있었다.

그렇게 길지도 않으면서 발음하기까지는 너무나도 많은 용기가 필요해서.

그렇게 나는 너의 이름 한 번 부르는 것도 이렇게 벅차다.

OO아.

한 번 힘내서 부르면 너는 너무 가볍게 대답한다.

그래 오늘도 나만 초라하다.

너는 해살하고, 밝은데 나는 오늘도 이렇게 답답하고, 음침하고. 그 이름 두 글자 못 불러서 마음속에 죽여놓은 단어의 무덤만 셀 수 없다.

067.

기분이 저 우주까지 갔다가 지옥 불바다 끝까지 떨어졌다.
이런 상황에 익숙한 줄 알았는데 아니었나 보다.

나이가 먹어도 이런 기분은 정말 이겨낼 수 없다는 것을 알
고 있다.
그냥 익숙해지는 것뿐.
나의 비루한 감정에 기대어 엉엉 혼자 소리 없이 우는 것이
답이라는 걸 알고 있다.

어린 나이에는 감정에 솔직해서 남에게 기대어 울어보기도
했는데,
그러면 남이 나에게서 멀어지더라.

그걸 알면서 혼자 울었던 것 같다.

그렇게 혼자 답을 찾은 것 같다.

이게 답이라고 혼자 그렇게 믿고 있다.

그렇지 않으면 오답으로 반 평생을 살아온 내가 불쌍해서

더 울어버릴 것 같아.

068.

카페인을 너무 많이 마셨나 봐.

토할 것 같아.

메슥거려.

걱정해 줄래?

속이 너무 쓰려서 그래.

그러니까 다시 한번 말해 줄래?

네가 방금 한 말이 우리 헤어지자는 말 맞을까?

069.

너와 사귈 때 너의 우는 얼굴이 전혀 상상되지 않았다.

너는 너무나도 담담하고 침착한 사람이라, 오히려 눈물이 많은 내가 이 세상의 사람이 아닌 것처럼 이질적인 느낌이 들었을 때 도 있다. 너는 전혀 울 줄 모르는 사람인 줄 알았다. 헤어지는 순간에도 나만 울지. 그래, 그럴 줄 알았다. 나랑 헤어지고 울지 않는 너를 보면서 다행이기도 했고, 다른 마음으로는 화가 나기도 했다.

네가 울길 바랐어.

그래도 헤어질 때는 한 번은 잡으면서 울길 바랐어.

너의 친구에게 네가 힘들어한다. 많이 울었다는 이야기를 전해 듣고 싶은 게 아니었어.

그냥 너의 우는 얼굴을 그 마지막에 한 번만 봤더라면, 우리의 이야기는 많이 달라질 수 있었을 텐데.

070.

나는 빨간색이 회색으로 보이는 세상에서 살고 있었다.

그래서 네가 어떤 게 이쁘냐고 내미는 립스틱의 색도.

네가 입은 옷의 색깔도. 네가 맑게 웃으면 '아, 그냥 예쁘다'

는 생각에

그냥 '다 이쁘다.'라고 이야기했다.

그러면 너는 '그게 뭐야.' 툴툴거리면서도 알아서 너에게 딱

맞는 것을 잘 골랐다.

너는 나의 세상이 더 특별하다고 이야기했지만,

이제 와서 후회하는 것은

너의 모든 색을 완벽하게 보지 못했다는 것.

너의 모든 것을 완전하게 사랑하지 못했던 것.

071.

우리는 서로를

물고

뜯고

서로가 처음이길 바라고

동시에 마지막이길 바라며

사랑의 시를 천년이고 만년이고 쓸 것 마냥

커다란 마음을 준비해서 '사랑'이라는 단어로 물들이고,

그리고 이제는 서로를

물고

뜯고

사랑이라는 단어로 물 든 마음을 찢어버리고

서로가 마지막이길 바라고

그렇게 첫 이별을 맞이했다.

072.

내가 비치는 우주 같은 너의 검은 눈동자를 사랑했어.
그 눈을 보면서 예쁘다고 할 때마다 네가 했던 이야기가
있다.

"평생 네가 나를 사랑하길 바라.

그래서 헤어졌을 때 그 누구를 다시 만나도 나보다 더 좋아
할 수 없길 바라.
평생에 너를 이렇게 사랑하는 것은 딱 나 하나뿐이어서, 그
렇게 나를 버리고 떠났을 때 계속 내 생각만 하길 바라. 그
게 내가 너한테 거는 저주야."

마냥 동화 속 주인공처럼 예뻐 보이기만 했던 네가, 사실은
진짜 마녀였나 보다.

그러게. 네 말이 맞았다.

사실 내가 동화 속 주인공이었나 봐. 저주에 걸려서 평생 누
워있어야만 할 것 같아.

너는 네가 비치는 나의 검은 눈동자를 사랑했다.
그리고 예쁘다고 이야기하면, 그 눈동자에 비치는 너에게
예쁘다고 하는 것 인지 누구에게 하는 이야기 인지 나는 그
게 정말 많이 헷갈렸다.

평생 너는 나를 사랑하진 않겠지.
지금도 네가 바라보고 있는 것은 나 인지 나의 눈동자 인지,
나의 눈동자에 비친 너의 모습인지 나는 알 수 없다. 하지
만, 그래도 이렇게 너를 사랑하는 것은 언제까지나 나 하나
만 있길 바라. 그래서 헤어지고도 계속 내 생각을 하고, 더
큰 사랑을 받을 수 없다는 사실에 언제나 마음 아팠으면 좋
겠어.

너는 그 말을 들으면서 무슨 주문 같네.라고 이야기 하고 그

저 웃어넘겼다.

주문이 아니다. 저주다. 너에게 내가 거는 저주다.

아주 영원을.

그렇게 잠에 들길 바라.

073.

너를 좋아하지 말 걸.

그냥 처음으로 돌아가서, 네가 나에게 말을 걸 때 무시할걸.

그냥 내가 처음의 이전으로 돌아가서, 너를 만나지 말 걸.

그 커다란 눈망울이.

그 작고 동그란 코가.

그 얇은 입술을 가진 조그만 입이.

너의 작고 하얀 얼굴에 작은 귀가.

가는 목선과 웃을 때 움츠러드는 얇은 어깨가.

하필 내가 좋아하는 사람의 모습이라서.

좋아할 수밖에 없는 그런 모습이라서.

처음의 이전으로 돌아가도, 나는 너를 만나겠지.

처음으로 돌아가도, 네가 말을 걸 때마다 설레겠지.

나는 결국 다시 너를 좋아하고.

이렇게 또 후회하고.

074.

문신을 지우고 있다.

정확히 문신을 했었다가, 질렸다는 이유만으로 지우고 있다.

과거에 나를 말려야 했다. 문신을 너무 눈에 띄는 곳에 했다.

그때에 나는 지금 나이쯤에 내가 죽을 거라고 생각했나 보다.

안타깝게도 살아있다.

목을 둘러 한 바퀴 문신을 했다. 뱀 모양이었다.

우스갯소리로 이야기하자면 뱀 말고 용으로 할걸 후회했다.

물론 이 이야기는 농담이다. 나만 할 수 있는.

문신을 지우는 것은 비교적 간단하다.

두 달에 한 번씩 병원에 가서 레이저로 살을 지진다. 아마도
새로운 살이 올라오며 문신을 깎아가는 것이다.

두 달에 한 번씩 목이 잘린 것 마냥 빨갛게 상처가 생겼다.

치료를 받고 나오면 거즈를 덮어주지만, 사람들이 쳐다보는 그 시선이 너무 싫었다. 나는 목티를 자주 입게 되었다.
한 여름에도 목 끝까지 올라오는 티셔츠를 입었다.

우습게도 이 나이에 죽겠다고 이야기하던 나는 아직 살아있고, 먹고살기 위해 회사를 다닌다.물론 회사에 면접 볼 때도 목티를 입었다. 아마 앞으로 문신이 깨끗하게 지워지기까지 나는 절대 일반 셔츠나 정장을 입고 면접 보진 못 하겠지. 결코 더 좋은 회사를 못 가서 정장을 입지 않는 것이 아니다.
물론 이것도 나만 할 수 있는 농담이다.
오래된 문신일수록 지우기 위해 걸리는 시간이 많이 든다.
그만큼 돈도 많이 든다.
사람의 기억과는 정반대라고 생각했다.
사람은 오히려 짧고 강렬하게 사귄 연인이 잊기 위한 시간이 더 많이 든다. 고통의 연속일 것이다.
오래 사귄 연인은 서로에게 이미 익숙해서, 특별한 존재가 아니게 된다.

오래 사귄 연인은 그렇기 때문에 문신 같은 존재라기 보단, 신체의 일부 같은 느낌이 들게 된다.

헤어져도 기억의 파편으로 뇌의 어딘가에 오래 머무르고 있어서, 가끔 기억이 나도 아무렇지 않게 된다.

그저 '그랬었지'라는 단어로 모든 것이 정리된다.

그 시간과, 그 존재는 뇌를 도려내지 않는 이상 영원하겠지.

그 개 같은 시간들은 서울 밤하늘의 별처럼 영원하겠지.

희미하게 가끔 모습을 드러낼 것이다.

오늘도 문신을 지우기 위해 병원을 다녀왔다.

"앞으로 몇 번을 시술받아야 끝나나요?"

의사가 말했다.

"글쎄요."

그래도 지워지긴 하나보다.

075.

너는 나를 왜 사랑했어?

처음 봤을 때부터 서서히 호감이 생겼다고 했잖아. 그게 커지고 커져서, 좋아하는 마음이 되고. 그 좋아하는 마음이 커져서 우리가 사랑하게 된 것 아니야? 네가 그렇게 말해 줘서 적어도 나는 그렇게 알고 있었다. 너는 나를 사랑하는구나. 그 말을 진실로 깊게 믿었다.

그럼 너는 나를 왜 떠났어?

사랑하는 마음이 작아지고, 좋아지게 되고, 호감이 돼서, 결국 사라져 버려서. 처음 봤을 때로 마음이 돌아갔기 때문일까? 나는 아직도 이해를 할 수 없어. 너의 마음이 네가 원하는 대로 움직여 주지 않는다는 것은 알고 있지만. 그래도.

그럴 거면. 나를 사랑한다는 말로 속이지 말았어야지. 나에게 줬던 마음이 다시 작아질 수 있는 거라면, 그 사실도 미리 알려 줬어야 하잖아.

076.

사람은 사람으로 잊는다는 말이 참 싫었다.
너는 너로만 잊을 수 있을 것 같은데, 타인으로도 충분히 너
를 잊을 수 있다고 말하는 것 같아서.
그 말이 그렇게 싫었다.

그런데 봐.
그렇잖아.
내 말이 맞았잖아.

너라는 사람의 기억은 나에게 오랜 흉처럼 남아서, 그 어떤
방법으로도 사라지지 않는다. 너라는 사람이 다시 나에게
와 줘야 나을 수 있을 것 같기도 해.

077.

너를 정말 사랑했을까요?

잘 모르겠어요.

사람이 사람을 사랑한다는 것을 어떻게 알 수 있는지. 어떻게 확신하는지. 이제는 전혀 모르겠어요.

사랑한다고 생각했는데, 그게 사랑이라는 게 아닌 것을 알았을 때의 슬픔을 느껴 보셨나요? 당신이 만약 그 감정을 알지 못한다면 더 이상 나에게 사람을 사랑하라고 이야기하지 않았으면 합니다. 나도 더 이상 사람은 사랑하지 않으려 합니다.

잘 모르겠어요.

이러다 언젠가 또 나는 사랑에 빠지겠죠.

너와 비슷한 사람이거나, 너무 상처를 받은 나머지 너와 완

전 다른 사람일 수 도 있을 겁니다.

침대에 나란히 누워 잘 때 네가 해 주는 팔베개의 팔을 살짝 빼어, 그 팔을 가만히 끌어안는 것 도 나에게는 사랑이었습니다. 잠이 오지도 않는데 너의 옆에 가만히 누워 너의 속눈썹을 바라보며 한 올 한 올 세어보다 움직이지 않고 그저 가만히 눈을 감는 것 도 사랑이었습니다.

이렇게 보잘것없구나. 다시 이야기해 보니까 그 감정은 정말 작고 하찮은 것이었네요. 누군가에게 '사랑'이라는 이야기를 논하기에 그 감정은 참으로 보잘것없고 확신할 수 없는 것이었네요. 너는 나의 이야기의 일부가 되고, 나는 너의 이야기의 일부가 되겠죠. 너에게 했던 작은 배려들을 사랑이라 부른다면, 참으로 나는 당신을 사랑했던 것 같기도 한데. 지금 와서 누군가 당신에 대해 묻는다면 나는 할 수 있는 이야기가 하나도 없을 것 같아요.

사실 나는 너를 잘 모르겠습니다.

작은 배려에 내가 너무 큰 행복을 느껴서 사랑받는다고 착각했던 것 같습니다. 그렇잖아요. 오래 쓴 물건 하나에도 정을 느끼는 게 인간인데, 사랑이란 그저 정이 많이 든 물건 중 하나에 지나지 않았던 것 같습니다. 하지만 물건을 버리는 대가가 너무 크네요. 작은 쓰레기는 그냥 일반 쓰레기에 버리면 되는데, 큰 가구조차 대충 돈을 내면 버릴 수 있는데. 이 감정 덩어리는 대체 뭐라고 돈을 내도 버릴 수 없는 것일까요. 너는 이 감정을 버리는 대가로 무엇을 치렀기에 저를 그렇게 쉽게 잊을 수 있었던 걸 까요. 이 감정은 인간에게 어느 정도의 가치가 있는 것일까요? 작고 하찮다고 생각한 것이 이렇게 가치가 있을 수 있는 건가.

사실 나는 나조차 잘 알지 못합니다.

우리의 어린 연애는 이렇게 끝이 난다는 사실조차 쉬이 이해하지 못하는데, 어쩌면 이 이야기의 끝은 당신의 탓이 아니라 나의 탓 일 수 있다는 생각도 드네요. 그래요. 나는 그조차 잘 알지 못합니다.

078.

너는 아마 모르겠지만,

나는 요즘도 사진첩을 보는 게 무서워.

사진을 보는 어느 순간, 너와의 기억이 떠오를까 봐. 그 수
많은 사진 중에 갑자기 너의 사진이 한 장이라도 끼워져 있
을까 봐. 그 순간 울어버릴까 봐. 밖에서도, 집에서도 그 어
디에서도 나는 사진첩을 열어 볼 수가 없다.

너도 그럴까? 너도 어느 순간 나를 떠올리면 눈물을 흘려
줄까?

내가 아는 너는 너무나도 정이 많아서, 죽은 사람도 아닌데
나를 위해 울어줄 것 같기도 하다.

네가 아는 나는 어떠하니, 죽은 사람이 아니면 울지 않을 것

같지. 네가 항상 나한테 정 없다고 이야기했잖아. 그런데 나는 너와의 한 조각 기억에도 이렇게 벌벌 떤다. 눈물을 흘리는 내가 어색하고 싫은데, 너와의 기억을 아주 지우고 싶지도 않아서, 이도 저도 못 하고. 사진을 모두 버릴 수도 없고, 그렇다고 열어 볼 수조차 없어. 그러다 네 생각의 조각에 또 눈물이 핑 돌면 안절부절 못 하고.

차라리 네가 아주 죽었다는 이야기를 들으면 마음껏 울 수 있을 것도 같은데.
사진첩을 정리하며 사랑했었다고 이야기할 수도 있을 것 같은데.
또 한편으로는 네가 죽었다는 이야기를 들으면 나도 죽을 만큼 괴로워하다가 죽을 수 있을 것 같기도 하다. 내가 살고 있는 이유가 과거에도 현재에도 너 때문이라니, 이렇게 비참한 사람도 있구나 싶다.
이번엔 네가 틀렸어. 사진 한 장에도 이렇게 또 눈물이 흐르다니, 나는 생각보다 정이 많았나 보다.

079.

사과받아야 하는 것은 나고.

사과해야 하는 것은 당신인데.

왜 당신이 나를 더 피하고 있다는 느낌이 드는 거죠?

저도 화낼 수 있습니다.

당신이라 할지라도, 저도 화를 낼 수 있는 사람입니다.

하지만 이렇게 말하고 결국 저는 영원히 사과받지 못하겠죠.

결국. 당신 이니까.

080.

이미 의미 없는 이야기긴 하지만.

많이 사랑해.

정말 많이 사랑해.

네가 없을 때 그 말을 다시 입에서 꺼내 보았다.

더는 의미 없는 그 말 때문에 그 자리에서 주저앉아 울어버

렸다.

081.

나는 착각을 했습니다.

사랑한다고 생각하면 우리는 영원할 거라고 생각했습니다.

사랑한다고 생각하는 것이 나 하나여도 우리가 영원할 수 있다고

저는 그렇게 생각했습니다.

이 얼마나 어린 생각인지.

사랑을 하면 사람이 멍청해진다는 이야기가 있는데, 저는 멍청해진 것이 아니라 어려진다고 생각했습니다.

나는 당신에게 얼마나 어린아이였기에.

당신은 내가 얼마나 귀찮은 어린아이였기에.

우리가 했던 것은 사랑이 맞을까요.

내가 했던 것이 사랑이라고 부를 수 있을까요.

영원할 수 있는 것은 세상에 존재하고 있을까요.

나는요, 이제 모르겠습니다.

한없이 어려져서 생각마저 멈춰버린 저는 더 이상 아무 생각도 할 수 없을 것 같아요.

082.

더 이상 당신을 사랑하지 못하니, 무엇을 해야 할지 모르겠어요.

나는 지금까지 무슨 말을 했었지, 어떻게 행동했었지.

어디를 돌아다녔고, 무엇을 좋아했지.

모든 것을 생각해 보면 그 끝에는 당신이 있어서.

차라리 당신을 사랑하지 않았다면이라는 생각 외에 할 수 있는 생각이 없네요.

당신은 아직도 기억하고 있을까요.

내가 무슨 말을 했었고, 어떤 행동을 했고, 어떤 장소를 사랑했고, 무엇을 좋아했는지.

알고 있다면 한 번만 만나서 이야기해 주면 안 될까요?

083.

너는 어때?

나는 요즘 바쁜 하루하루를 보내고 있어. 그 하루가 쌓이고 쌓여서 겨우 살아가고 있다. 나는 겨우 숨만 붙어 살아가고 있는데, 너는 이런 와중에도 갑자기 나의 생각 틈에 끼어들어 그 하루의 일부를 힘든 시간으로 만들고 있어. 이기적이라고 생각은 했지만, 이 정도로 네가 이기적인 사람인 줄 몰랐다. 네가 나를 놓아버렸다면, 내가 너를 놓는 방법도 알려줬어야지. 방법을 알려줄 수 없었다면 그런 시간이라도 줬어야지. 그렇게 떠나 버리면 네 생각이 날 때마다 네가 죽었기를 바라며 슬퍼하는 일 밖에 할 수 없어.

이렇게 비루한 나의 나날이 또 쌓여 간다.

084.

야.

나 한 번 안아봐.

이게 세상의 마지막인 것처럼 딱 한 번만 안아줘 봐.

그러면 나는 이제 너의 세상에서 정말 아주 사라질게.

085.

당신은 내 감정이 우습죠?

그렇지 않다면, 내가 당신을 좋아하는 걸 알면서도 어떻게

이렇게 잔인할 수 있어요?

086.

최근 기분이 좋았다.
정확한 이유를 모르는 행복만큼 무서운 것도 없지.
그렇기 때문에 사람은 멀리하기로 했다.

지금 누군가를 만나게 되면
나의 불행에 그 사람과 다시 삼켜질 것 같아서
그게 제일 무서워서 그만두었다.

그리고 나는
내가 조만간 무너질 것을 알고 있다.
그리고 그다음 내가 무너진다면
그건 정말 나의 마지막일 것을 알고 있다.

087.

지난주 나는 우유를 샀다. 그 우유의 유통기한은 일주일 정도 되었다.
같이 구매 한 야채는 고작 유통기한이 3일밖에 되지 않았고, 참치캔의 유통기한은 무려 20년이 되었다.

그리고, 나의 기억은 유통기한이 한 달이다.

기억에 유통기한이 곧 생명의 유통기한과는 다른 문제라는 것을 알게 된 것은 채 5년이 되지 않았다.
처음엔 단순히 당장 어제 먹은 저녁이 기억나지 않았다. 그 다음에는 저번주에 내가 쓴 보고서가 너무나도 생소했다. 세 번째는 집에 가는 길을 헷갈렸다. 이쯤 되니, 단순히 건

망증인가 생각하고 넘기기에 조금 큰일이 된 것만 같았다.

20xx.xx.09
병원을 찾았다. MRI를 찍었다. 결과는 정상이었다. 스트레스 때문이라는 말을 들었다.

20xx.xx.11
우울증 때문에 먹던 약의 부작용일까? 정신과에 찾아가자 스트레스 때문이라는 말을 들었다.
'OO씨, 요즘 가족이나 직장에서 사람 관계는 어떠세요?'라는 이야기를 들었다.

20xx.xx.15
부모님은 마냥 스트레스 때문이라고 하기에, 진지하게 친구와 상담했더니 웃고 넘겼다.

20xx.xx.21
스트레스 때문이라고 생각하기에는 너무 많은 것을 잃었다.

모든 이야기는 나의 기록에 의지하기 시작했다. 기억을 잃는 것은 영화나 동화처럼 로맨틱한, 신기한, 재미있는 일이 아니었다. 그렇다고 내가 기억을 못 하는 사실이 두렵거나, 모든 기억을 잃는다는 무서움은 없었다. 왜냐하면 그런 감정이 닥쳐오기 전 이미 나의 기억은 사라졌기 때문에-. 그것은 그다지 새로운 일이 아닌, 흘러가는 일상의 하나로만 다가왔다.

단순히 기억이 사라지는 수준으로 무언가 끝이 났다면 이 이야기도 진지해지지 않았을 것이다. '어제 먹은 저녁은 나도 기억 못 하는 걸?' '나도 가끔 집에 가는 길을 까먹는걸?' '가끔 정신이 복잡할 때는 모든 걸 잊을 수 있지.'라고 생각할 수준이라면, 결코 이 글을 쓰겠다는 마음도 먹지 않았겠지.

마침내 나는 잃어가는 기억 속에 나는 한 가지 공통점을 찾게 된 것이다.

한 달. 정확히 한 달은 아니고, 가끔 며칠 차이가 날 때는 있지만, 대략 한 달.

그 주기가 될 때 즈음 나는 꿈을 꾼다.

나는 무언가로부터 도망을 간다. 하지만 그 무언가는 결국 나를 붙잡고, 잡힌 내가 어떻게 될 새도 없이 그 꿈에서 깨어난다. 꿈은 비교적 생생하지만 기분이 썩 좋지는 않다. 그리고 꿈을 꾼 다음은 내가 무언가 잃은 것 같은 공허함 만이 남는다. 그 공허함이 기억의 빈자리라는 것을 알기까지는 얼마 걸리지 않았다. 그리고 그 공허함이 기억만 잡아먹는 것이 아님을 알기까지도 두 달 정도밖에 걸리지 않았다.

꿈을 꾸었다.

나는 도망을 갔고, 결국 '무엇'에 또다시 잡히고 말았다.

잠에서 깨어났다.

나는

내가

무엇인지

혼란스럽기 시작했다.

잠에서 깬 다음 나는 '내가 평소에 어떻게 행동했는지' 고민하기 시작했다. 모든 기억을 통째로 잃는 것이 아닌, 야금-야금 잃어가는 기억이었기에 나의 이름이나, 가족, 회사와 같은 것은 기억을 했지만. 내가 평소에 사람을 대할 때 A에게 어떻게 대했는지, B에게는 어떻게 대했는지- 그러한 사소한 것들, 나의 식습관, 나의 말버릇 같은 아주 사소한 것들을 잃기 시작했다. 이러한 것은 남에게 이야기하기에도 매우 기괴하고 부끄러운 일이었다.

"사실 요즘, 내가 어떻게 말했는지 기억나지 않아."

글로 옮기니 더욱 우습다. 아직 사춘기를 벗어나지 못한 사람의 말 같기도 하다. 친한 사람이 이러한 이야기를 했다면 앞에서는 걱정과 위로를 하지만, 뒤돌아 잊을 것 같은 그러한 수준의 이야기이다.

스트레스 때문이라는 병원의 이야기에 다니던 회사도 그만두었다.

사람을 만나서 어떠한 이야기를 해야 할지 무서워 친구도 피하기 시작했다.

병원에 가서 다시 한번 "기억을 잃는 것 같아요."라는 말을 했을 땐, 의사도 질린다는 듯 '어떤 것이 OO씨를 힘들게 하는 걸 까요.' '가족에게 이야기해 보았나요?'라는 말을 할 뿐이었다. 그 뒤론 병원에서 동일한 이야기를 반복하는 것도 하지 않게 되었다.

그리고 나는 병원에 가는 이유를 잊게 되었다.

그것은 어느 날 아침 갑자기 일어난 일이었다.

핸드폰 속의 달력에 나는 오늘 오후 6시 30분 병원이 예약되어 있었지만, 그 병원을 가야 할 이유를 찾지 못하였다.

우울증을 앓던 이유를 잃으니, 약을 먹을 이유도 없어졌다. 간혹 가슴이 답답하고 헛구역질이 날 것 같은 감정이 밀려오긴 했지만, 그것이 병원을 가야 하는 이유는 아니었다. 일기를 잘 적는 성격도 아니었기에, 내가 우울했던 이유를 찾을 수 없어졌다. 간혹 사람이 많은 곳에 가면 심한 역겨운 두통과 함께 눈물이 나기 시작해서 공황장애인가~. 하고 스스로 진단 후 사람이 많은 곳을 피하기 시작했다.

나의 일상이 변함과 동시에 나의 주변도 변했다.

친구가 많은 성격은 아니었지만, 몇 있던 친구들에게 감히 연락을 하기 어려웠다. 나의 성격을 잃고 만난 친구에게서 '요즘 힘든 일 일 있어? 말이 별로 없네.'라는 이야기를 들었기 때문이다. 그래서 다음에 만나는 친구와는 대화를 많이 했더니 '좋은 일 있어?'라는 이야기를 들었다. 그 이유는 내 얼굴이 밝기 때문이라고 했다. 오랜만에 만나는 친구들은 당연히 나에게 '많이 변했다.'라는 말을 빼먹지 않았다.

나는 어떤 사람이었던 거야?

스스로 고민하다 지쳐 사람을 만나지 않기로 했다.

단순히 친구를 만나지 않는 것에서, 사귀는 사람에게도 어떻게 대해야 할지 고민을 하기 시작했다.

그렇다고 하여 사귀던 사람에게 '나는 평소에 어떤 사람이었어?'라고 물을 수 없는 일이었다.

하지만, 한 가지 확실한 것은 나는 평소와 많이 달랐다는 것이다. 변해버린 말투, 행동이 이질적으로 느껴진 것 인지, 나는 헤어졌다.

혼란스러웠고, 서러웠다. 우울함을 잊어서 행복했던 것도 잠시, 그제야 나는 나조차 모르는 상황에 처했다는 것이 실감 났고 겁이 나기 시작했다. 하지만 이러한 상황에서 나의 이야기를 들어줄 사람이 하나도 없었다. 가족은 '이제 그만해.'라며 나를 질타했고, 나의 이야기를 가장 많이 들어주었던 사귀던 이는 이제 헤어져서 나의 곁에 없었다. 이 세상에 오롯이 나 혼자 남겨졌다는 생각이 들었으나, 그 '나'조차 믿을 수 없는 상황이었다.

나름 자주 쓴다고 생각했던 일기에도 나에 대한 이야기는 존재하지 않았다. 그저 무엇을 먹었고, 누구와 무엇을 했고,

병원에서 어떠한 상담을 했다. 정도의 정보만 존재할 뿐, 나의 감정에 대해서는 일말도 적혀있지 않았다.

나는 이런 사람이었구나.
생각을 하며,
다시 한 달을 반복했다.

다음날의
나는
어제까지 했던 고민이 우스웠다.
무서워서 흘리던 눈물이 아까웠다.

지난 나의 존재는 현재의 나에게 그저 이 정도였을 뿐이었다. 흡사 나의 가장 친하던 사람이 죽은 것 마냥 슬프게 울면서 붙잡았던 헤어진 사람의 흔적은 어느새 나의 안에서 '헤어졌던 사람'이 되어있었고, 깊게 생각하면 추억이 몇 가지 떠오르긴 했지만, 그 추억 쪼가리로는 더 이상 나를 울릴 수는 없게 되었다. 그 사람은 간혹 서랍을 열었다 나오는 사진에서 '이런 일도 있었나?' 하며 무참히 사진을 찢어버리는 수

준의 기억이 되었다.

공기 중에서 조차 자유로이 숨 쉬지 못 하고 허덕이는 나날에서 벗어나야겠다고 생각한 것은 아이러니하게도 나에게서 모든 관계가 끝이 났을 때 비로소 그렇게 생각하게 된 것이다.

지난달은 시원했던 것 같은데, 벌써 숨만 쉬어도 폐에 불쾌한 습기가 차는 계절이 되었다.

꿈은 반복되고, 나는 여전히 어제의 나를 잃은 채 살아가고 있다.

'기억을 잃는다.'는 기억 하나만을 기억하고, 현재를 살아가고 있다.

그리고 곧 나의 한 달이 다가온다.

088.

나의 사랑 타령에 네가 지쳐갈 때 즈음.

이 이야기는 곧 끝이 난다.

너의 사랑 이야기가 다시 시작되지 않았으면 좋겠어.

너의 사랑 이야기는 앞으로 후회만 가득했으면 좋겠어.

언젠가 문득 나의 생각이 나서 그게 너의 하루를 찜찜하게

만들었으면 좋겠다.

이 이야기는 곧 끝이 날 것이다.

우리는 서로에게 너무 많은 상처를 주었기 때문에, 나는 너

때문에 너무 깊은 상처를 입었기 때문에.

나는 커튼콜에도 등장하지 않을 것이다.

영원히 서로 없는 사람처럼 살자.

하지만 너는 네 옆에 더는 존재 하지 않는 사람 때문에 평생

고통받길 바라.

089.

폐에 모든 숨이 빠져나갈 정도로 깊은 숨을 쉬고, 숨을 멈
추면
오랜 시간 숨을 멈추면
조금만 더 숨을 멈추면
숨을 멈추기를 버틸 수 있다면
그렇게 하면
죽을 수 있을까.

생각하는 순간 다시 숨이 쉬어졌다.

090.

잘 헤어진 헤어짐만큼 잔인한 이야기가 있을까.

잘 헤어졌다는 게 뭔지 나는 잘 모르겠다.

아무 일 없다는 듯 '우리는 맞지 않는 것 같아. 헤어지자.'라고 말한 게 잘 헤어진 거라면, 너는 아주 실패했다. 너도 금방이라도 울 것처럼 웃으며 '그래도 우리는 잘 헤어지네.' 그 잔인한 말로 나를 난자하고 떠난 게 잘 헤어진 거라면.

너는 잘 헤어지는 것에 아주 실패했다.

차라리 우리 싸우고 헤어지자.

아주 서로 피 터지게 싸우고, 상처 내고, 그래서 헤어지자.

그래야 나는 더 이상 이 잔인한 감정에 난자당하길 멈출 것 같다.

그래야 나는 잘 헤어졌다고 그때 말할 수 있을 것 같다.

091.

네가 연락 오면, 눈물은 안 나오는데 숨 못 쉬게 먹먹한 날
이 있다.
가끔 떠오르는 네 생각에 화가 나고, 혀뿌리 끝까지 욕이 나
올 것 같고.
눈물이 나지 않아 답답해 내장이 뒤틀리는 때 가 가끔 있다.

내가 키우던 고양이 핑계로 연락하지 마.
왜 연락했는지 정확하게 이야기해 줘.
내가 보고 싶었다면 보고 싶었다고.
내가 조금이라도 그리웠다면 그리웠노라.
그렇게.

솔직하게 말하는 게 너는 아직도 그렇게 힘드니.

나는 너의 거짓을 받아들이기가 아직도 이렇게 힘들다.

092.

나는 안에서부터 무너졌다.

서서히 조금씩 나도 모르는 사이에 그렇게 파괴되었고. 나는 무너진 감정을 세우는 방법을 몰랐고, 우울이 묻은 감정에 침몰할 줄만 알았다.

사랑한다는 감정조차 뒷전으로 한 채 그것이 너도 힘들게 할 줄 모르고. 우울이 모든 것을 해일처럼 쓸어가고, 마지막 남은 너의 사랑도 쓸어가도록 내버려 두었다.

내 사랑이 무너져 내린 것을, 그걸 너의 탓을 했던 것도 같다. 그래야 내가 살 수 있을 것 같았다.

093.

너는
겨울에 태어났으면서 눈을 싫어하고.
겨울에 태어났으면서 여름을 좋아하고.
겨울에 태어났으면서 추위를 많이 탔다.

그런 주제에 또 눈으로 눈사람 만드는 것은 좋아해서.
눈이 내린 뒤 꼭 밖에 나가서 작은 손으로 꼭꼭 눈을 눌러가
며 너의 손바닥 만한 작은 눈사람을 하나씩은 만들었다. 그
옆에서 나는 너를 그저 바라보았다. '겨울에 태어난 애들은
추위는 많이 안 탄다는데.' 이야기하면 너는 인상을 살짝 찡
그리며 나의 목 뒤에 손을 쑥 넣었고. '수족냉증이야.'라고
말하며 꼼지락 거리는 너의 손을 잡아, 나의 손으로 꼭 감싼

뒤 내 외투 주머니로 넣었다.

"너는 왜 눈사람 안 만들어?"
"네가 눈사람 만들고 손 잡아줘야 하니까."
"그럼 내가 두 개 만들지 뭐."

너는 손을 빼내고 다시 작은 손으로 눈을 꼭꼭 눌러 기어이
눈사람을 나란히 두 개 놓고 만족했다.

너를 위해
나는
여름에 태어났지만, 눈을 좋아하는 척하고.
여름에 태어났지만, 겨울을 좋아하는 척하고.
여름에 태어났지만, 추위를 안 타는 척했다.

그러면 너는 '너도 여름에 태어났으면서 여름은 안 좋아하
잖아.'라고 말했던 것 같다.
그런데 그거 아니?
나는

눈을 싫어하고, 여름을 좋아했고, 추위를 많이 탔다.

네가 꽁꽁 얼어있는 너의 손을 내 목 뒤로 넣을 때마다 소름이 오소소 돋는 것을 참으며 춥지 않은 척했다. 내가 눈을 싫어해서 같이 눈사람을 만들어 주지 않았고, 여름을 좋아했기 때문에 너와 여름에 여행을 갔고, 추위를 많이 탔기 때문에 너의 생일엔 늘 따스한 옷을 사줬다.

하지만 네가 떠난 여름부터 나는 계속 겨울을 살고 있다.

나의 모든 계절에는 눈이 오고, 찬 바람이 부는 겨울이다.

어떻게 해야 하지.

나는 눈사람 만드는 방법도 모르고, 겨울에 여행 가는 방법도 모르고, 나에게 따스한 옷을 사 주는 방법을 모르는데.

094.

그 이야기를 꼭 하고 싶었어.

내가 많이 미안해.

095.

인사해.

이 더럽고 작고 추악한 게 너의 감정이야.

왜 이렇게 됐냐고 나한테 물어보지 마.

나는 아무것도 하지 않았고, 네가 변했을 뿐인데.

그 탓 마저 나에게로 돌리면 나는 어떤 말을 해 줘야겠니.

울지 마.

나한테 더 잘했어야 했다고 하지 마.

내가 너인걸.

어떻게 내가 더 잘할 수 있었겠니.

너는 원래 그런 사람이었고, 우리는 최선을 다 했다.

그저 그 사람이 떠난 잘못이 결국 우리에게 있는 걸 서로 받

아들이지 못할 뿐이지.

096.

나는 너의 우울의 깊이를 알 수 없어서.

네가 우울 해 할 때마다, 그 어떤 말도 해 줄 수 없었다.

너의 우울의 깊이는 내가 알 수 없을 정도로 깊은 것 만 같아, 도와주겠다는 알량한 마음으로 다가갔다가는 너에게 나조차 그 깊이에 삼켜질 것 같아서.

그래, 솔직히 말하면 겁이 났다. 나라는 사람이 너를 감당할 수 없을 거라고, 그렇게 지레짐작했다.

도와줄 것이 있다면 말해달라고 하는 이야기를 네가 무시하는 줄 알았는데.

너는 계속 도와달라고 소리 질렀고, 귀를 막고 있는 것은 나였나.

네가 떠나고, 나에게도 그 감정이 바다같이 밀려왔다.

처음에는 얕은 바다인 줄 알고 괜찮겠지, 해변에 가만히 앉아있는 사람처럼 있다가 정신을 차려보니. 어느새 우울은 밀물처럼 순싯간에 밀려 들어와 해변인 줄 알았던 곳을 심해로 만들었다.

아.

이 감정이 나에게 들어오고 나서야 이해했어.

너는 이런 기분이었구나. 소리조차 나오지도, 들리지도 않는 심해에서 혼자 비명을 지르고 있었구나.

어렴풋하게 바다 깊은 곳에서 살려달라는 소리를 들어 던 것도 같은데. 그때의 나는 왜 해변에서 멍청하게 조개나 줍고 있었나. 이제야 내가 미워지고, 미워지고, 혐오스러워졌다.

097.

나는 너무 힘든 시간을 살아왔네요.

이것은 저의 마지막 글이 될 이야기입니다. 하지만 당신이 듣지 않는다 해도 괜찮아요. 오히려 당신이 듣지 않았으면 좋겠어요. 당신만은 이 글을 보지 않았으면 합니다. 당신은 아무것도 모르고 이전과 같이 해맑게 그렇게 있어 주세요. 그러다가 누군가 'OO이 죽었다고 하더라.'라는 이야기를 하면 '그게 누구지?'라고 어렴풋하게 기억을 뒤져 주세요. 사실 그러면 조금 많이 슬플 것 같네요. 제가 죽었다는 이야기에는 조금만 고민해 주세요. 기억 속에서 나를 빨리 찾아 주세요. 그리고 조금은 슬퍼해 주세요. 나는 당신 때문에 수많은 눈물을 흘렸으니, 나에게 눈물 한 방울 정도는 주어도 괜찮지 않을까요?

당신은,

냉정해서.

사실,

나를 그저

지난 인연으로 만

생각하겠지만.

그래도 눈물 한 방울만 주세요. 제가 당신에게 바라는 것은
단지 그것뿐입니다.

사실 이 글이 마지막이라고 이야기했지만, 당신은 내 말을
믿지 않을 수 있어요.
나는 항상 우울했고, 당신은 그런 나에게 지쳤었으니까. 그
렇기 때문에 나를 떠났으니까. 그렇죠? 다른 이유로 당신이
떠났다고 해도, 나는 이렇게 생각할게요. 내가 당신을 너무
지치게 해서 나를 떠났다고 생각할게요.

한 순간이라도 내게 다정을 주지 말지. 그러지 그랬어요. 너
무 힘든 시간을 오래 버티게 한 것이 당신이라고 하면 당신

은 내 말을 믿어주겠어요? 다정의 흔적이라도 남기지 말지. 오랜 시간을 버티고 버티게 한 것이 당신의 다정 때문입니다. 이 글이 마지막으로 쓰일 수 있는 것 또한 당신의 다정 때문입니다. 기억할지 모르겠지만, 나는 항상 '이 세상에 내가 없어도 되지 않을까?'라는 말을 하면 당신은 '그래도 너를 아끼던 사람들에겐 평생의 상처가 될 거야.'라고 대답했습니다. 나는 그 '나를 아끼는 사람들' 안에 당신도 있다고 믿고 싶어요. 사실 그 말 안에 당신이 없다면 저는 이 글을 써야 할 이유도 없습니다.

미안합니다. 당신은 우울한 나를 싫어했죠.
아닌가, 그냥 나를 싫어했었나?
그렇게 까지 생각하면 나는 너무 힘들고 비참한 시간을 살아왔네요.

098.

죽으렴.

아주 죽어버리렴.

숨을 들이마시고는, 내 쉬지 말고 그 상태로 계속 참아보렴.

혹시 모르지 그러다가 숨을 쉬는 방법을 잊어서 그대로 죽
어버릴지.

네가 원하는 게 그런 것 아니었니?

막상 숨을 참으라고 하면 다시 내 쉬어버리는 나약한 인간
같으니.

사실은 살고 싶은 연약한 인간 같으니.

099.

화내지도 못하게, 웃을 때 왜 그렇게 예뻤어.
떠나기 전까지 왜 그렇게 나한테 웃어줬어.

100.

너와 나의 이야기는 이렇게 끝이 난다.

101.

안녕. 나의 감정.

* 지구를 위해 친환경재생지를 사용합니다.

너의 검정

초판 1 쇄 2023년 7월 7일
지 은 이 박제이
펴 낸 곳 하모니북

출판등록 2018년 5월 2일 제 2018-0000-68호
이 메 일 harmony.book1@gmail.com
전화번호 02-2671-5663
팩   스 02-2671-5662

979-11-6747-116-1 03810
ⓒ 박제이, 2023, Printed in Korea

책값은 뒤표지에 있습니다.

이 도서의 국립중앙도서관 출판예정도서목록(CIP)은 서지정보유통지원시스템 홈페이지(http://seoji.nl.go.kr)와 국가자료공동목록시스템(http://www.nl.go.kr/kolisnet)에서 이용하실 수 있습니다.